主编　王泉根

少年阅享世界文学名著经典读本（简写本）

最后的莫希干人

（美）詹姆斯·费尼莫尔·库柏 著　阿蛮 改写

苏州大学出版社
Soochow University Press

图书在版编目(CIP)数据

最后的莫希干人/(美)詹姆斯·费尼莫尔·库柏著;阿蛮改写.—苏州:苏州大学出版社,2016.7
(少年阅享世界文学名著经典读本:简写本/王泉根主编.第二辑)
ISBN 978-7-5672-1731-7

Ⅰ.①最… Ⅱ.①詹… ②阿… Ⅲ.①长篇小说—美国—近代 Ⅳ.①I712.44

中国版本图书馆 CIP 数据核字(2016)第 167343 号

少年阅享世界文学名著经典读本(简写本)第二辑
最后的莫希干人
(美)詹姆斯·费尼莫尔·库柏 著　王泉根 主编　阿蛮 改写

责任编辑　王　亮
装帧设计　刘　俊
出版发行　苏州大学出版社
(苏州市十梓街 1 号　邮编:215006)
(网址:http://www.sudapress.com)
排　　版　镇江文苑制版印刷有限责任公司
印　　刷　苏州市大元印务有限公司
开　　本　700 mm×1 000 mm　1/16
印　　张　8.5
字　　数　170 千
版 印 次　2016 年 7 月第 1 版　2016 年 7 月第 1 次印刷
书　　号　ISBN 978-7-5672-1731-7
定　　价　18.00 元

苏州大学出版社营销部　电话:0512—65225020

导　读

本书要讲的故事,年代和地理可能都离我们较远。不过对于故事本身是否引人入胜,读者完全可以放心。这是一个很精彩的传说故事,因为写这本书的原作者詹姆斯·费尼莫尔·库柏(1789—1851)在美国文学史上是一个众所公认的、与马克·吐温并列的讲故事的高手。

事实上,这话应该倒过来说,是马克·吐温与库柏并列为讲故事的高手。因为不论是从生活的时代,还是从写作的年代来说,库柏都比马克·吐温早得多。库柏是美国第一个具有广泛影响的小说家,一生写过 30 多部小说,被誉为“美国小说的鼻祖”。不仅马克·吐温,包括后来的福克纳和斯坦贝克等众多美国小说家都深受库柏的影响。

在这本书中,库柏给我们讲述了一个发生在北美洲印第安森林里的历险故事。

一个年轻的英国军人奉命护送两个少女到前线找她们的父亲,而此时她们的父亲率领的军队正被敌人团团围困,她们去父亲那儿无异于自陷火坑。但姐妹俩远离家乡,万里寻父,又来到一个四处都在打仗的国家,不去找父亲也别无他法。而护送姐妹俩的英军少校海沃德一开始就出了错,找了个印第安人向导却是敌方的奸细,一整天就引着他们在森林里乱转。眼看快到天黑走投无路之时,幸遇侦察员邦波和莫希干人钦加哥、恩卡斯父子,才识破奸细的诡计。但这时他们已经陷入了敌人的包围之中。故事一开始就悬念丛生。

在莫希干父子的帮助下,几个年轻人与站在敌人一边的印第安土著士兵在森林里展开周旋与搏斗，历尽艰险，还是被敌人捉去。紧要关头，又是侦察员邦波和莫希干父子出手相救，两姐妹终于得以和父亲团聚。

故事到这里并没有完，在父亲被迫率军投降之后，两姐妹又被一个印第安休伦人酋长劫持。而酋长就是先前那个让她们吃尽苦头的奸细——绰号“刁狐狸”的麦格瓦。一波未平，一波又起，故事就这样向更加曲折惊险的方向发展。

这次姐妹俩被劫持得更远，休伦人酋长把她们带到大湖对岸的森林腹地，关进自己的部落里，要姐姐科拉答应当酋长的老婆。失去女儿的败军之将和失去恋人的年轻军官决心找回姐妹俩。同样是原先那个侦察员与莫希干父子帮助他们寻找。一行人过大湖，走森林，寻旧路，找踪迹，风餐露宿，躲避围攻，终于找到姐妹俩的下落。

然而，还没有救出两姐妹，自己人却又被敌人抓住，英军少校海沃德和圣歌教师大卫身陷敌对部落，年轻的莫希干人恩卡斯也在森林遭遇战中被休伦人俘获。最后，一行人绞尽脑汁，施尽计谋，还搬来与休伦人敌对的印第安特拉华部落，双方展开多次激战，才使得父女、恋人、战友最终重逢。而姐姐科拉和一直帮助他们的最后一个莫希干人，却把生命永远留在了大森林里。一曲挽歌唱出的故事既惊心动魄，又伤痛哀婉。

作为一部讲述印第安人生活和殖民地战争历史的长篇小说，这本书带给我们的当然不仅是一个惊险故事，还有穿插在故事之中的绚烂无比的民族风情画卷。

作为小说主人公的两个莫希干人，钦加哥和恩卡斯父子生动地体现了印第安民族的性格之美。他们善良质朴，忠诚勇敢，热爱故土，向往自由，却因为白人殖民者的到来，部落被分裂，土地被占领，又被迫参与战争，部落之间互为仇敌，从而陷入了无可逃避的命运悲剧之中。但他们对于能够真诚相待的白人朋友十分友善，把朋友的事当成自己的事，即使献出生命也在所不惜。对于无辜被掳的两个白人姑娘，他们也极尽所能地给予无私帮助。年轻的莫希干酋长恩卡斯绰号“快腿鹿”，多次为解救两姐妹出生入死。在落入敌人之手、面对死亡威胁时，他始终坚强不屈，直到获得特拉华部落战士的拥戴，成为首领带兵打仗，最后与敌人搏斗而死去。恩卡斯的形象十分生动真实，对于什么是勇敢和忠诚，他的行为就是一个最好的诠释。

与两个莫希干人始终在一起的白人侦察员邦波，绰号“鹰眼”、“长枪”，因为从小生活在印第安人居住区，几乎成了纯粹的印第安森林居民。他也是一个“西部开拓者”，热爱自由，喜欢冒险，无拘无束，争强好胜，好打抱不平，还往往视战斗为游戏，把危险当刺激。但他又与一般的白人殖民者有很大不同，并不歧视印第安人。他为人正直，待人诚恳，与莫希干父子真诚相待，视他们为最好的朋友。他十分尊重老酋长钦加哥，佩服钦加哥身上所具有的森林居民的素质。他也真诚地喜爱年轻的莫希干人恩卡斯，在恩卡斯被敌人抓住将要处死时，毅然回到休伦人部落冒险施救，又为恩卡斯之死流下真情的眼泪。邦波是库柏用心着力塑造的一个理想的“西部牛仔”形象，可以算是所谓“美国精神”在文学中的最早代表。

除了惊险的故事和出色的人物外，小说还带着我们走进自然和历史，让我们略领到18世纪北美洲印第安人居住区无比瑰丽壮观的自然风光，以及印第安部落那些奇异的风俗。小说中有些描写常常令人叹为观止，过目难忘。如森林黑夜里神秘的啸叫，大湖晨雾间逼命的枪声，特拉华部落的隆重葬礼，木屋和血池的恐怖传说，等等。

还有些只有在印第安人部落里才有的景象，小说对于这方面的描写也令人称绝。如割头皮计战功，比枪法辨身份，能当神官的黑熊，会盖房子的河狸，尊敬不惧死神的战俘，处死胆小逃跑的战士。最可叹的还是莫希干人的历史及其最后消失的命运。

作为美洲少数民族，印第安人说话时也常喜欢用一些奇特的比喻。如特拉华部落老酋长称赞恩卡斯“是这片森林里最勇敢的豹子”；休伦人酋长鄙视那几个白人俘虏，便形容他们“脸比森林里的银鼠还白，说话像野猫子一样假嚎”；等等。这些留存在原始部落民族生活中的鲜活语言，其实往往是最接近自然本色的人类童年思维的再现，读着也常常令人叫绝。

《最后的莫希干人》是库柏所写的众多长篇小说中的一部，是他的代表作之一。与这部不朽作品风格一致的，还有另 4 部作品——《杀鹿人》《探路者》《拓荒者》《大草原》，都是以邦波为主人公的边疆题材小说。《杀鹿人》讲述邦波早年的狩猎生活及他与印第安人的友谊。《探路者》也是讲邦波参与的一个营救故事。《拓荒者》则以美国独立战争之后纽约的开拓地为背景，讲述邦波过不惯城市的生活，与“现代文明”格格不入，最终重返森林向西开拓的故事。《大草原》写邦波的最后归宿，他被卷入一个家庭内部的互相争斗和残杀，最后在大草原上悄悄结束了自己的一生。

可以看出来，以《最后的莫希干人》为代表的这 5 部系列小说，虽然在形式上都是以白人冒险家邦波为主人公讲述的一些惊险故事，实际上却是以恢宏的气势描写了美国建国前后，那场著名的“西部大开发”的一个历史侧面，因而在世界文学史上备受瞩目。

因为邦波一直习惯与印第安人为伍，崇尚自然，热爱自由，连服装和生活方式都追求印第安化，让人看到的形象总是绑着印第安人常用的鹿皮裹腿，因此这 5 部小说便被人们总称为“皮裹腿故事集”。而《最后的莫希干人》则是其中最精彩的一部。读者在读过本书后，完全可以既清晰又愉快地认识当年的北美印第安土地，认识书中那些不畏艰难、忠诚勇敢的冒险英雄。最后还可以窥一斑而见全豹地认识一位世界著名作家——詹姆斯·费尼莫尔·库柏。他是一位美国人，1789—1851 年在世，他于 1827 年为我们写下了这部不朽的小说——《最后的莫希干人》。

目　录

上部　走向亨利堡

上部　走向亨利堡

森林的偶遇

英军少校受命护送两位美丽的姑娘到前线找她们的父亲。迷失了方向的年轻人在森林里偶遇侦察员邦波,才知道上了敌人的当。年轻的莫希干战士追杀一头鹿,却引来一连串令人不解的疑问。故事由此开始……

北美洲的七月,天气很闷热。如果走进美国和加拿大边境霍里肯湖地区的森林里,还会有潮湿的浓雾,常常令人头晕目眩,分不清东南西北。除非有那些印第安土著居民带路,一般的白种人走进森林里多半会迷路,走上几天十几天也走不出来,直到给养耗尽,饥饿而死,或被熊、狼和豹子吃掉。

因此,从 1756 年到 1763 年的七年间,在英国人和法国人争夺北美殖民地的战争中,英法双方都不得不动员大量印第安森林居民为自己的军队当向导,甚至鼓动他们直接参加作战。英国军队的向导多数由南边的印第安特拉华部落及其所属支系莫希干人担任,法国军队则由北边的印第安麦柯亚部落和休伦部落人当向导。他们各为一国军队效力,跟着那些欧洲人打仗。时间久了,印第安部落之间也互相仇恨起来,你死我活的争夺不亚于两个欧洲国家的战争。

在整个七年战争期间,尤其数莫希干人付出最大。他们的部落居民很多被打死,还有些则在战争中失去联系而流散到其他部落,到后

来差不多整个部落的人都死光了。莫希干人的酋长，被各部族尊称为"大蟒蛇"的钦加哥，和他的儿子"快腿鹿"恩卡斯，最后流散到一个已经分裂的特拉华人部落里，被英国人征集起来与法国军队作战。到这个故事开始的时候，钦加哥和恩卡斯父子俩仍然战斗在森林里，他们发誓要向那些夺去他们土地的休伦人复仇，重新夺回自己的土地。但他们面对的当然不仅是那些印第安休伦人，还有更多的用先进武器装备起来的法国殖民军队。

不过，他们也有朋友，除了与自己族属相同的特拉华人以外，他们也有白人朋友。最要好的，也是最令他们佩服的一个朋友名叫纳蒂·邦波。他们把他叫作"鹰眼"，因为邦波有一双不输于印第安森林居民的锐利的眼睛。此外，邦波还有一个令人生畏的绰号叫"长枪"，敌方休伦人和法国人就这样叫他，都知道他使的那支枪指哪打哪，十分神奇。

令莫希干人钦加哥父子感觉亲近的，当然还不只是上述两个绰号。他们与邦波相识已久，对他在森林生活中表现出来的、跟印第安人相似的性格颇多赞赏。比如邦波的皮肤黝黑，与一般白人有很大不同；肌肉结实，显然也是经常风餐露宿长期奔走锻炼出来的。他的装束也差不多印第安化了：一件猎衫，一顶光板皮帽，腰间还束了一条只有印第安人才用的贝壳串珠腰带，腰带上也佩着一柄猎刀。他脚上穿的也不是欧洲军人的皮靴，而是跟森林土著一样的鹿皮鞋，还绑了一副鹿皮裹腿。

"鹰眼"邦波的这身装束与印第安人唯一的区别，只是没有在腰间插一把印第安战斧，那是因为他另有一支枪，一支很长的长枪。与他的长枪相配的则是肩上背的一只弹药袋和一只装火药的牛角。牛角是必不可少的，火药装在里面就不怕被水浸湿。森林里到处是溪流，也时常下雨，涉水和冒雨行走是每天都在进行的。

莫希干人父子与邦波亲近，还有一个最主要的理由，就是他可以跟他们说一样的印第安土语，他们在一起的时候都说土语。这是绝大多数英国军人做不到的。

好了，现在我们应该知道邦波的真正身份了。他其实不应该算作英国人，而应该算是一个地道的美国人，因为他并不是由英王派来的军人，而是一个欧洲早期移民的后裔，在美洲的土地上已经生活了很久。只不过1760年前后的北美各州，还没有组成合众国联邦，还只是英国和法国的殖民地而已。邦波此时的身份则是英国皇家殖民军美洲军团的一名侦察员。他与莫希干人钦加哥和恩卡斯父子，正在森林里执行特殊的侦察任务，他们的对手则是法国军队和为法国人作战的印第安麦柯亚人和休伦人。

这天傍晚，邦波和莫希干酋长父子循着麦柯亚人的足迹，在森林里追踪了一天，来到林中一条小河边休息，意外地遭遇了另一支队伍。那时年轻的莫希干人恩卡斯刚以自己矫捷的身手杀死了一头鹿。

是一头公鹿。

公鹿出现的时候，“鹰眼”邦波和“大蟒蛇”钦加哥正在聊天。他们同时都看见了从林中向河边走来的公鹿。邦波对钦加哥说：“跑了一天，肚子早饿了，吃食正好就来到了眼前，这不是天意吗？”说罢便举起枪向公鹿瞄准，却被钦加哥伸手拦住了。钦加哥说：“鹰眼，你还想去与敌人作战吗？”

邦波立即明白了自己的冒失，放下枪，转过脸向年轻的莫希干人说：“恩卡斯，为了不致惊动麦柯亚人，也为节省弹药，我还是把这头公鹿留给你的弓箭吧。”

年轻的莫希干人并不答话，却迅速伏下身子，悄悄向公鹿接近过去。在离公鹿只有十几米远时，他才小心地往弓上搭上一支箭，慢慢拉动。尽管恩卡斯的动作已经十分隐蔽了，但高度警觉的公鹿还是嗅到了危险的气息，它迅速地移动身子，准备逃开。

说时迟，那时快，正当在树枝间叉开的鹿角要离开视野的一瞬，恩卡斯的箭已经射了出去。只听“嗖”的一声弦响，中箭的公鹿一冲而起，直朝恩卡斯撞过来。恩卡斯侧身一让，避开鹿角，又返身顺势一

刀，准确地划在公鹿的长脖上，把咽喉一下切破。公鹿跌跌撞撞地奔跑着，到河边便一头倒在了地上，鲜血迅速染红了流淌着的河水。

“真是干得漂亮！”侦察员邦波由衷地发出一声赞叹。

“嘿！”站在邦波身边的莫希干酋长钦加哥突然轻声叫道，一边向邦波做出小心的手势，一边快速地伏下身去，仿佛一只猎犬又嗅到了猎物的气息。

邦波凝神静听了一会儿，说：“是的，我听到了，看来这死去的公鹿不是孤单的一头，它们可能是一群鹿子呢。”

“不，不是一群鹿，而是一群人！”钦加哥肯定地说，“我听到了脚步声，是白人的马走过来了。鹰眼，也许是你的兄弟呢，你去和他们说话吧。”

这样说过，钦加哥的神情迅速平静下来。这位莫希干首领一脸严肃地看着邦波，镇定自若地在身旁的一棵倒伏的大树干上坐下来，就像什么事也没有发生过一样。

伏着身子仔细观察了一会儿，侦察员邦波再次对莫希干酋长的洞察力感到了惊奇。钦加哥说得不错，林子里出现的牵着马的人，的确是一群白人，并且看上去还是英国人，是自己人。

尽管这样，侦察员邦波还是保持了足够的警惕，在迎上前去向来人打招呼之前，他仍把身子掩藏在一块岩石后面，把自己的长枪端起来架到左臂上，右手食指扣住了扳机。

“来的是谁？”邦波用自己的母语大声问道，“这儿是荒山野林，到处充满危险，你们是什么人，跑到这儿来干什么？”

“哦，别吓唬人，我们是你的朋友，也是支持英王和皇家法律的人。”骑着马走在最前面的一个年轻人边走边作答，“我们一大早就开始赶路，在这林子里转了一天，到现在还什么东西都没吃，已经走得筋疲力尽了。”

听到对方也以英语回答，邦波收起了长枪，从掩身的岩石后面站出来，说：“你们迷路了吗？难道你们没有找一个向导就在森林里

瞎转?”

年轻人听到问话，便下了马，把马牵着走过来。邦波于是看清楚，来人穿着军服，军服上佩的标志表明这是一位英军少校，而且已不十分年轻。在他身后跟着走过来的，还有一个瘦高个儿的男人和两个骑在马上的年轻女士。此外，还有一个明显属于印第安土著的人，隔得远远地站着，红黑的脸膛上一双眼睛保持着警惕。以邦波看来，这样的警惕神情在土著人中是少有的。

他很快就弄明白了，那个神情警惕的印第安土著也是一个森林居民，是少校雇请的向导。“不过，一个印第安人也会在森林里迷路，竟然带着你们在这片林子里转了一整天?”邦波向少校提出了疑问，“莫非你雇了一个休伦人?”

少校说:“不错，他原先是属于北方的休伦部落，但后来归顺了南方的特拉华部落，就一直为英国军队服务。今天早晨就是他带着我们赶路的。我们从爱德华堡出发，要去孟罗司令驻守的威廉·亨利堡。本来有条大路去的，但我想抄近路早点赶到，便让麦格瓦，就是那个休伦人带路走森林，不想他也迷了路。”

“那你上当了，少校!”邦波严肃地说，“印第安森林居民看到任何一棵山毛榉树上的青苔，就可以知道晚上北斗星会从哪儿升起；看到林子里小鹿踩出的路，就会找到任何一处山泉。你的向导绝不可能在这片林子里迷路，那狡猾的休伦人多半就是敌人派出的奸细。”

少校听邦波说起这话，却不以为然地说:“这不可能，他如果要骗我们，早就可以把我们引进敌人的伏击圈，也用不着跟我们一起在森林里辛苦奔走了。何况他现在也一直跟在我们后面呢。没有充分根据，我不能随便怀疑人。”

邦波仍然坚持自己的判断，又对少校说:“这样吧，你现在再去对他说，告诉他你碰上了三个莫希干族的朋友，大家一起赶路，看他会有什么样的反应。”

少校点点头，向自己的向导走过去。见少校转身走开，邦波立即向两个莫希干人示意，要他们与自己三个人分两头向那休伦人包抄过去。

少校按邦波说的方法与休伦人向导交谈了没几句，立即改变了看法，确信自己果真上了当，他没有再说下去。在他正想掏出手枪要逮捕向导时，那向导却突然尖叫一声，纵身一跃，飞一样返身钻进了林子。少校正不知所措，却见两个莫希干人已经扑到那向导原先站的位置，又迅速追赶上去。与此同时，邦波的长枪也发出一声尖锐的脆响，已经黑暗下来的森林里便闪起一道光。

山洞的晚餐

这是一次艰难的行军。少校不仅有两个姑娘的拖累，而且还带上了一个只会唱圣歌的教徒，圣教徒的马也被莫希干人杀掉了。侦察员邦波为防备敌人的报复绞尽脑汁。几个森林居民异于常人的素质能否帮助摆脱困境，少校心里没有底。

带领两个年轻女士和一个瘦高个儿男人骑马赶路的英军少校，名叫邓肯·海沃德，是威廉·亨利堡要塞警卫队的队长。头一天，他受亨利堡要塞孟罗司令的派遣，专程去爱德华堡向驻守那里的韦布将军请求派兵增援。因为威廉·亨利堡受到了法国将军蒙卡姆率领的庞大军团的围攻，而孟罗司令手下只有一个团的正规军和少量地方武装。韦布将军镇守的爱德华堡则有五千多士兵，是北美英军的主力。

韦布将军得信后立即派出了部队驰援亨利堡。在增援部队临出发时，韦布将军还交给海沃德少校一个特殊任务，就是护送两位年轻女士一道去亨利堡。两位年轻女士不是别人，正是亨利堡守将孟罗的女儿，姐姐名叫科拉，妹妹名叫艾丽斯。姐妹俩不久前才从英国远道而来，要与她们的父亲团聚。她们当然不知道自己选择了一个多么不适宜的时机。战争并不管什么亲情不亲情。

在跟着带有辎重的大部队缓慢走了一段路之后，海沃德少校便听从了自愿前来当向导的印第安人麦格瓦的建议，带着姐妹俩离开队伍，插上一条小路，打算抄森林近道早些赶到目的地。印第安向导的建议还有一点令少校感兴趣的，就是他认为走森林小路可以避开敌人的袭击，而随大部队行进目标太大，遭遇骚扰的可能性较大。仅仅是战斗部队也就罢了，反正都是打仗，但女士随队就会多些麻烦。海沃德少校觉得他说得很对。

在此之前，海沃德少校与麦格瓦有过一起作战的交情，虽然也知道他曾经在敌人的阵营里待过，但对他的忠诚并不怀疑。更重要的是，他了解这个印第安人的能力，知道他打仗勇敢，人很机灵，对森林也很熟悉。能够早点把两位年轻女士护送到孟罗司令那里，让她们早日见到自己的父亲，当然是一件好事。

海沃德少校从与两位女士相识的那一刻起，就对她们充满了好感。尤其是姐姐科拉，看上去既文雅端庄，又聪明成熟。而自己作为她们父亲的警卫队长，有机会单独为她们服务，同时有机会向两位远道而来的年轻女士表现一个青年军人的能力和风采，也是一件很有意思的事。没有什么情况能够难倒自己，对这一点，海沃德少校十分自信。因此，当他听向导麦格瓦提起抄近路的建议后，便毫不犹豫地同意了。

刚进入森林不多久，他们的队伍又多了一个同行人。那是一位从英国来的随队圣歌教师。在爱德华堡时，他打听到少校将带队去亨利堡，就选择了与女士们同行。海沃德少校对这位不速之客并不欢迎，因为他不是战士，身体瘦弱，打不了仗。而且他骑的那匹马也小得就像一头驴，完全不适合骑乘行军，显然是没有别的战马了，临时找来骑上的。只因孟罗姐妹中的妹妹艾丽斯也喜欢音乐，一再请求少校收留下这位圣歌教师，少校便不情愿地让他跟上了队伍。

这样，当他们一行 4 个白人由那位印第安向导引着在森林里赶路，便没有少校本来设想的那么快。后来又迷了路，那时少校当然不知道这是印第安向导有意捣的鬼。

真正的危险是在印第安向导麦格瓦突然逃跑之后，海沃德少校才感到的。侦察员纳蒂·邦波告诉他说，那个休伦人向导引他们上当，一定是有计划的行动。他虽然逃跑了，但一定会再跟上来。那时的敌人就不是他一个，而是一大群。“他受了伤，就会回来报复。可惜我那一枪只是让他流了血，没有要了他的命，因为天黑了，开枪也很仓促。唉……”

邦波接着说：“现在我们别无选择，都必须作好与敌人作战的准备。好了，少校，我们已经帮了你一次，接下来怎么办就看你自己的了。我们还要继续执行我们的任务。你最好带着你的人先转移一个地方。要不，到明天这个时候，你们的头皮可能就会挂在敌人的帐篷前了。”

对于侦察员的这个警告，海沃德少校不能不倍加小心。他知道剥头皮是所有印第安人作战的习惯，他们把被打死的敌人头皮剥下来当成战利品，用以计算自己的战绩。现在天已经完全黑下来了，环视四周，林影憧憧，每一丛摇动的灌木和每一段倒地的枯树，都让人联想到埋伏着的敌人。海沃德少校感到自己责任重大，却又势孤力单，只好向侦察员提出，请他和那两个森林土著居民帮助自己 起迎敌。

海沃德说：“看在上帝和英王的份上，千万别丢下我们，请你们留下来帮我一道护送这两个姑娘吧。要什么酬劳，随你们说！”

对少校的这个请求，邦波没有立即回答，却转过身去与两个莫希干同伴商议起来。他们说的是印第安特拉华语，海沃德听不懂，只好焦虑不安地望着他们，直到侦察员邦波再次转过身来向他作了肯定的答复，才放下心来。

邦波说：“行了，我的两个莫希干朋友说了，把两个无辜的姑娘扔下不管，那不是男子汉干的事。我们将尽一切力量来帮助你，从毒蛇的毒牙下救出这两朵娇嫩的鲜花。不过，你最好不要说什么酬劳了，说了也没有用，因为你可能活不到兑现的时候，我也可能活不到用你钱的那一天。”

这样说过，邦波又向海沃德少校提出了两点要求：所有的人都必须听从指挥保持安静，对将要去的地方永远保密。海沃德毫无异议地答应了。

邦波接着向海沃德一行人下的第一道命令，却引起了争议。他首先下令杀死圣歌教师的那匹小马。邦波说："我们不能把足迹留给休伦人，唯一的办法只能牵着马从河里走水路，而小马既毫无用处也会拖累行军。"说罢便让"快腿鹿"恩卡斯动手。

而圣歌教师却一下扑上来，不顾一切地要阻止恩卡斯。邦波对他的抗议不屑一顾。与此同时，年轻的莫希干人已经一箭把马射倒。莫希干首领钦加哥接着跨步上前，照准马脖子补了一刀，随手又把还在挣扎的小马推进河中顺水冲走。

两个莫希干人干净利落的动作，无疑又向人们提出了警告：现在他们正身居险境。两个姑娘不由自主地打起了哆嗦，不得不互相依偎着。海沃德也本能地掏出了腰间的手枪。

最后还是侦察员邦波给了他们一些信心。两个莫希干人牵着3匹马趟进河里后，邦波却像变魔术似的，从一片枝叶低垂到水面的灌木丛下推出一条小船来，让两个姑娘上船坐下。同时招招手，要海沃德和他一起在河里扶住船舷，推着船逆着水走。圣歌教师只好默默地跟在后面涉水而行。

这样走了一些时候，到达一处瀑布下，邦波才下令停下来。他让海沃德把两个姑娘牵上了岸，自己则把小船划到又一处由大树和灌木遮蔽的河湾里藏起来。两个莫希干人并不需要吩咐，已经把马拴在了河边岩石上，让马站立在水中，上面同样有树荫遮蔽。

邦波和莫希干人父子把几个白人带到一个有树枝掩蔽的岩洞前。邦波说："这就是我们今晚过夜的地方，如果能躲过休伦人的搜索，明天上路就安全了。"

海沃德看到那是一个又窄又深的岩洞，在邦波点燃的一束松枝火把照耀下，显得幽深莫测。出于当兵的本能，他顺着岩洞摸索进去，很快发现这并不是一个孤立的死洞，另外还有一个洞口通到瀑布的另一边。邦波看他这样细心，不免轻轻一笑，说："像钦加哥和我这样的森林老兵，是不会在只有一个出口的洞里坐以待毙的。"

等到所有的人都进了岩洞，邦波就动手生起了一堆篝火，又把一张不知从什么地方拿出来的毛毯挂起来，遮住洞口，以防火光外泄。年轻的莫希干人则把那头公鹿从洞口拖过来，借着篝火剥了皮烤肉吃。那小伙子把先前用箭射杀的公鹿一直背着。森林居民把猎物当干粮，不到万不得已是不会扔掉的。

海沃德默默地看着邦波和莫希干父子熟练地做着这一切，不由得心生钦佩，知道他们在这林子里生活就像在自己家里一样。

吃过印第安人的烤鹿肉后，山洞里的气氛才活跃起来。当邦波从洞中深处一堆树叶下拖出一只小酒桶，自顾自倒出一杯喝掉，又招呼大家一起喝这云杉酒时，海沃德再次惊奇得说不出话来。就连因为自己的小马被杀死而一直神情忧伤、沉默寡言的圣歌教师，这时也改变了态度，接过邦波递给他的酒杯一口喝下，又回答邦波的问话说，自己的名字叫大卫·加穆。

科拉和艾丽斯姐妹也活跃起来。在征得侦察员邦波同意后，她们请圣歌教师大卫·加穆唱一首赞美诗，以作为这一天的晚祷仪式。大卫掏出随身带着的赞美诗圣歌歌本递给艾丽斯，又掏出校音笛试了试音准，便领着唱起来。圣歌教师唱歌时仍然是一脸神圣，做事也有条不紊。两个姑娘也是一脸虔诚，唱歌的声音圆润而婉转。海沃德见了不由得暗暗称奇。

更让海沃德吃惊是，当那些宗教圣歌一首接一首唱下去的时候，他注意到两个莫希干人也靠着石壁，一动不动地留心倾听着。而侦察员邦波先前平静冷漠的表情也渐渐地改变着，最后竟有大颗大颗的眼泪涌出来，滴落在他那饱经风霜的脸上。

“这真是一个奇怪的夜晚！”海沃德不由得在心里叹道。

神秘的啸叫

半夜时森林里响起神秘的啸叫，清晨又遭到休伦人的袭击。一场殊死搏斗在藏身洞外展开。海沃德少校的枪被打落，战刀也被砍断，只能赤手空拳与敌搏斗。正当他抓住对手拼死一搏时，脚下突然悬空，眼看就要掉进万丈深渊，年轻的莫希干人出现了……

山洞里的神圣气氛突然被一阵奇怪的啸叫破坏了。

最初谁也说不出那叫声究竟是什么。

“这是什么声音？”年轻的艾丽斯首先发问，脸上的神情全是恐惧。但两个莫希干人没有回答她，只是凝神捕捉着洞外的声音。海沃德把疑问的目光转向邦波。邦波也说他在森林里从来没有听到过这种声音，没有一种印第安人这样叫过，也没有一种野兽发出过相同的叫声。

“那么，会不会是那些印第安休伦人发出的叫声，用来恫吓他们的敌人？”姐姐科拉一边扯下头上的面纱一边发问。她的神态镇静自若，与她那焦虑不安的妹妹完全不同。

“不，不是，”邦波肯定地说，“这不是人的声音，这声音很奇怪。但是……好了，不要再猜了，也用不着自己吓唬自己。恩卡斯，你跟我一起到外面去看看。至于你们……”他看定海沃德，说，“少校，你负责照顾两位女士安心休息，明天一早还得赶路，尽量早些赶到亨利堡去。”

当那神秘的啸叫再次响起时，海沃德看到侦察员邦波掀起毛毯，从洞外走了进来。令他和两个姑娘更加不安的是，邦波脸上已经没有了先前那种坚定无畏的神色,而换上了一种难以掩饰的焦虑。

海沃德没有等他开口说话,便站起身迎上去,同时掏出自己的手枪,对邦波说:“你是要我跟你一道出去?”

邦波点点头说:“森林里发出的这种声音,也许正是对我们的一种警告,以免我们再疏忽大意。我们要加强警戒,你跟我一起到洞外去。我的莫希干朋友正设法弄清那叫声的真相。”

海沃德跟他走到洞外,在一块突出的岩石上伏下来。当怪叫声再次响起来时,海沃德迅速地做出了自己的判断:“这是马的啸叫,没有错,就是马的叫声,很清晰,刚才在洞里听不清楚。这种叫声我在战场上听得太多了。当然也不寻常,只有当战马受惊时,或者特别痛苦的时候才会发出这种惊叫声。我们的马可能遭到了森林中野兽的袭击。”

“我相信你的话,马这样恐惧的啸叫,可能是看到了岸上的狼群,呼唤人去救它们。”

邦波这样说过,又转过去对恩卡斯说道:“快腿鹿,你去救救那些牲口,往狼群中扔个火把。不然的话,那些马即使不被狼吃掉,也会被它们吓死的。”

恩卡斯于是拿了火把往河边走。刚下到河水里,却又本能地退回岸上。因为河那边又响起了一声长啸。所有的人都听清楚了,这次的叫声与马的啸叫不同,就像什么野兽突然受到惊吓,扔掉猎物慌忙逃窜一样。

邦波很快做出了判断:“行了,已经很明白了,这次是人的叫声。休伦人跟踪我们已经来到眼前了,很可能就是先前那个逃掉的向导领来的。不过他们并不清楚我们藏身的地方,一时也不能把我们怎么样。我们同样可以抓紧时间休息一下,只是不要暴露自己,一切等到天亮再说。”

天亮的时候,似乎一切已恢复了正常。森林、瀑布和山洞都很安宁。邦波从他和莫希干父子蹲着警戒的洞口岩石上返身走进洞里,把海沃德从睡梦中摇醒。

“我们该上路了，把两个姑娘叫醒，我去拉小船。”这样向海沃德交代过，邦波又走了出去。

海沃德走到孟罗姐妹躺着的地方，把她们叫醒。姐姐科拉迷糊中倏地跳起身来。妹妹艾丽斯却习惯性地惊叫了一声：“啊！”

没料到她的惊叫声立即便有了回应。山洞四周的林子里突然响起一片狂呼乱叫的声音，持续了差不多一分钟。

刚刚醒来的圣歌教师大卫·加穆不知那声音是怎么回事，一下奔出去，以他那仍然神圣庄严的唱圣歌般的声音大声发问：“哪来的这种怪叫声？莫非是地狱之门被魔鬼砸开了，人间哪会有这样的叫喊声？”

他当然没想到，回答他的竟是一片更加令他不解的声音。对岸的岩石后闪起了火光，至少有十几支步枪同时开了火。圣歌教师立即应声栽倒在洞口。那边又发出一阵胜利的欢呼。

海沃德少校立即明白了当前的处境，他们遭到了包围，敌人就是帮法国人打仗的印第安休伦人。印第安人作战时都习惯以呐喊助威。与敌方的呐喊相对应，自己这方的两个印第安莫希干人也以呐喊威吓敌人。双方于是展开了激烈的枪战，不过，都有些虚张声势，没有谁发起冲锋，也没有暴露自己的目标。

海沃德一边射击，一边紧张地倾听着河边的动静，希望听到邦波前来助阵的声音。最好还能拉来小船载上两姐妹逃出包围圈。但河里很久都没有一点声响。海沃德正担心那侦察员会不会扔下他们，却看到不远处岩石下面闪出一道火光，同时伴着一声叫骂。那边响起一声痛苦的惨叫，接着便平静下来。

侦察员纳蒂·邦波及时出现在自己的阵营里，又凭借出色的枪法首先击毙了一个敌人。海沃德趁敌方停止射击的间隙，立即把圣歌教师扶起来拖进藏身洞里，让姐妹俩帮着检查他的伤情。随后邦波和莫希干父子也陆续回到洞里。

圣歌教师被击中胸膛，不过并没有立即丧命的危险。邦波从洞里找来些黑糊糊的药膏，一边为他敷伤，一边说："你这多嘴多舌的家伙，总算还保住了头皮。记住，在那些狂野的土著人面前，尽量不要暴露自己。"

邦波让科拉和艾丽斯姐妹把受伤的圣歌教师安置停当，便转向莫希干父子，要他们把自己的枪检查一遍，把弹药重新装上枪膛，然后到洞口监视周围的动静。又对海沃德说："这里虽然隐蔽，但也要做好防守的准备，把身体尽量藏在岩石后面。"

海沃德听凭侦察员安排，却问道："这么说来，你认为那些休伦人还会再来进攻？"

邦波看了他一眼，语气平静地说："你认为他们不会来进攻了？一只饥饿的狼碰上猎物，只咬了一口，还没有吃着肉，怎么会甘愿放弃！何况他们已经损失了一个人，一定会找上来报复。不剥取到我们的头皮，那些印第安人是不会罢休的。好了，现在我们哪儿也不能去了，只有守住洞口，等待孟罗司令派一支人马来救援我们。他等了一天，没见到自己的女儿，现在可能正让人四处寻找呢。但愿他会想到这片森林，而且会派出一个懂得印第安人习惯的军官带队寻找。"

"哦，上帝保佑！"妹妹艾丽斯听见邦波提到她们的父亲，便发出一声感叹，一边抓住姐姐科拉的手，现出害怕的样子。科拉把妹妹的肩头抱住，求助似的望向海沃德。海沃德便走过去安慰两姐妹说："不用害怕，我参加过很多战斗，知道怎样对付眼前的敌人。还有鹰眼邦波和他的印第安朋友也都富有经验，我们不会轻易让敌人得逞的。"

说罢，海沃德便帮着姐妹俩把圣歌教师又向岩洞深处挪了挪，让他们三人尽可能地隐蔽起来。

这样的相持过了一会儿，海沃德重又走出洞去，与邦波和两个莫希干人一起观察河边及对岸的情况。

"鹰眼说得对，敌人真的没有放弃，他们极有可能会剥掉我们的头皮！"海沃德在心里这样说。他已经重新看见了那些固执的休伦人。

一群印第安休伦人从河对岸陡峭的山坡上钻出了林子，下到河

边。很快又分成两队，分别从上下两个地点下了水，向这边游过来。

这段河水因为落差太大，相隔不多远就形成一个个梯级跌落的瀑布。瀑布冲下来又形成一个个深潭，湍急的流水因为河中乱七八糟的巨大岩石的阻隔而愈加湍急。人在这样的河水里游泳，没有特别好的水性是不行的。就算水性好的人也会冒很大的危险。

显然是休伦人报仇心太切，他们竟不顾危险纷纷下到水中向这边游过来。休伦人也很警惕，并没有把身体完全暴露出来，时而快速地在水里游动，时而伏在河中那些光秃秃的岩石和倒在河中的树木后面隐藏。海沃德仔细地看着，默默地数着数："一个，两个，三个，四个……"

第五个人被急流冲到下面，接近了瀑布边缘。那人显然运气差些，在水中拼命挣扎，想游到一个安全的地方，却总也游不到岸边。他的同伴眼看他遭到了危险，伸出手去拉，却难以够到。又一股急流把那人冲向一挂瀑布，那人便被旋涡卷了起来，高高地抛向空中。只见他睁大眼睛，高举双手，一下就掉进激流下的深潭。绝望的呼叫很快被瀑布深潭激荡起的巨响吞没。

更多的休伦人则游过了河，警惕地摸索着向海沃德他们藏身的地域找来。

这时，"鹰眼"邦波趁敌人立足未稳，也没有摸清自己的底细，把手指塞进嘴里，突然吹出一声悠长而尖利的呼哨。据守在岩石边的两个莫希干人也一起吹起呼哨做了回答。已经上了岸的休伦人突然惊觉，慌忙躲闪，有的则跳进水里退回河中岩石后躲藏。

邦波的长枪并没有打响，刚才的呼哨只是他使用的一招惊吓退敌战术，果然延缓了敌人的进攻。与此同时，邦波让两个莫希干人迅速散开，各找一处有利于防守的地方，伏在岩石后面向敌人瞄准。海沃德也找了一棵岩石边的大树作掩体，准备迎敌。

又过了一会儿，河边上方的林子里突然响起了叫喊声。随着这声信号，伏在河边一棵倒伏大树后的几个休伦人一齐跳出来，呐喊着发起了进攻。

海沃德急不可耐地立刻要冲上去，一晃眼却看见邦波向他做了个制止的手势。他立即克制住自己的冲动，让敌人更接近一些。眼看着那些叫喊着的敌人越来越近，差不多只隔一块大石头了，才听见邦波突地发出一声喊。枪声也几乎同时响起，便见冲在最前面的一个印第安休伦人，像一只中弹的公鹿似的，向后一仰头，便栽进了身后的岩石缝里。

“嘿嘿，来吧，该死的魔鬼，你们今天碰上鹰眼，就活该倒霉啦！”邦波说罢，又抄起一支手枪向敌人射击。刚才他用长枪一枪就打倒了一个敌人。

与“鹰眼”邦波的喊叫相伴的，则是年轻的莫希干人的出击。只见恩卡斯挥起一把长猎刀，勇猛万分地向敌人扑了过去。

但这时休伦人已经闯到了跟前。海沃德的手枪还没有打响第一枪，就不得不与一个身材高大、相貌凶恶的敌人遭遇上了。与此同时，“鹰眼”邦波也和另一个休伦人搏斗起来。

与邦波交手的休伦人的力气和武艺显然并不在他之下。两人都用一只手撑住对方举着短柄猎刀的手，另一只手则抓着对手的肩头。同时都瞪着眼睛怒视着对方，扭着身子打着转，僵持了好长一会儿。最后，还是“鹰眼”邦波占了上风。他以过人的膂力牢牢地抓住对手，又把对手的一只手臂强扭过来，把自己的身子紧紧贴上去，狠狠地压住对手。那休伦人开始还顽强地抵抗着，后来便渐渐支持不住了。

终于，“鹰眼”浑身一颤，突然把手臂一拧，那只持刀的手便空了出来。紧接着便是一招海底捞月，顺势从下往上一起手，那把短柄猎刀就捅进了休伦人的胸膛。

这边，海沃德与那个高大凶恶的敌人的近战格斗进行得更为艰苦。手枪扔掉后，他抽出随身佩着的军刀与敌人相搏。那是一把指挥用的战刀，刀刃窄而细长，适合中距离砍杀，近身格斗时还不如一把短刀。但除此之外，他并没有其他武器，因此也只能挥刀砍杀。

一刀砍过去，贴近他身的敌人毫发未伤，那刀反倒在岩石上砍出

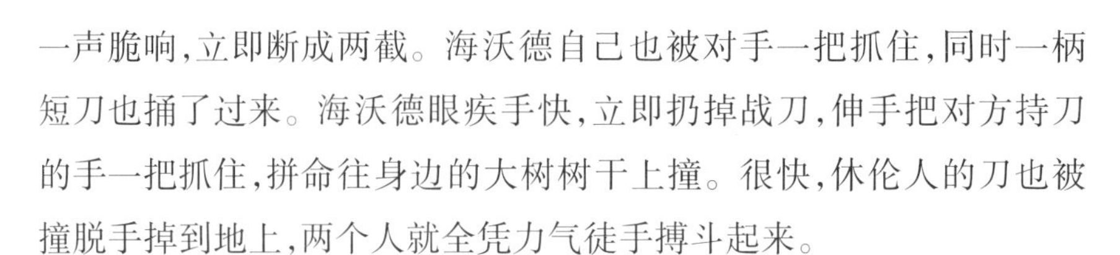

一声脆响，立即断成两截。海沃德自己也被对手一把抓住，同时一柄短刀也捅了过来。海沃德眼疾手快，立即扔掉战刀，伸手把对方持刀的手一把抓住，拼命往身边的大树树干上撞。很快，休伦人的刀也被撞脱手掉到地上，两个人就全凭力气徒手搏斗起来。

与他们接近的那棵大树生长在一处悬崖边，悬崖下方就是那个刚才吞噬了一个休伦人的瀑布。两人拼死搏斗着，扭动着的两个身躯在悬崖边上摇摇欲坠。海沃德的脖子被对手死死掐住，有些透不过气，脸憋得通红。眼看自己的体力渐渐支持不住了，海沃德痛苦地想到了最后的办法，于是不顾一切地拽了敌人往悬崖边推，试图与他同归于尽。

正在这千钧一发之际，身边突然发出一声吼叫。“啊！”年轻的莫希干人恩卡斯已经扑到两人跟前。只见他手起刀落，雪亮的刀子发出一道寒光。休伦人掐着海沃德的手立即松开了，身子也同时向悬崖下坠去。海沃德站立不稳，一只脚悬空在外，另一只脚也向外偏过去。

说时迟那时快，恩卡斯伸出手一把将他抓住，顺势用力一拉，海沃德便摔倒在身后的岩石上了。

海沃德顾不得身上的伤痛，一翻身爬起来，向恩卡斯感激地点了下头。他正要说什么，却听那边的“鹰眼”邦波大声喊起来：“隐蔽，快隐蔽，你们都不要命啦？”

年轻的莫希干勇士发出一声呼喊，立即拉起海沃德返身钻进了丛林里。

林中的激战

一场枪战把敌我双方都困在森林里。侦察员为一个垂死挣扎的敌人耗尽最后一颗子弹,后悔之际又发现藏弹药的小船被敌人缴去。面对弹尽粮绝的困境,三个森林战士潜水逃出包围去搬救兵。坚强的科拉鼓励大家坚守待援,而命运不可捉摸。

海沃德与恩卡斯从悬崖边返回树林间那一瞬,只是暂时摆脱了危险,并没有逃出敌人枪弹的射程范围。紧接着便听到一阵枪响在后面追赶着他们,很密集,树上的枝叶被打得纷纷往头上掉。

刚才海沃德与那个休伦人近身搏斗时,河对岸的敌人也看着他们,却因两人纠缠在一起分不清敌友,那些人不敢开枪,只能干瞪着眼看他们两人打斗。现在他们自己的人掉进了深渊,压抑了很久的休伦人便把全部愤怒倾泻过来,伴着枪弹的还有复仇的呐喊。

这边的"鹰眼"邦波和莫希干首领钦加哥也开枪还击,为接应海沃德和恩卡斯,好歹压制住了一些敌人的火力。但他们的还击火力并不猛,差不多属于骚扰性质,间或地打一枪,却也引得敌人的火力转向他们这边。

"让他们白白浪费弹药吧。"侦察员邦波伏身在一块大岩石后,见海沃德和恩卡斯安全返回到身边,便朝两人笑笑,若无其事地说。

莫希干首领钦加哥没有说话,始终靠在岩石后面沉着镇静地时不时打上一枪。战斗进行期间,他一直守在那里,直到看见自己的儿子恩卡斯回到身边,才高兴地叫喊一声,表达了自己的心情。

恩卡斯只是向父亲点点头，表示一切都不在话下。又转向海沃德，把少校刚才与敌人近战格斗时扔掉的手枪还给他，同样没有一句话。

海沃德的情绪还没有从刚才经历的危险中脱离出来。看见莫希干父子平静的样子，便忍不住走过去，充满感激地说："恩卡斯救了我的命，他真是一只名副其实的快腿鹿，既沉着又机敏。恩卡斯是我的好朋友，我永远不会忘记恩卡斯的救命之恩。"

年轻的莫希干人听到他这么说，却像不好意思似的低下了头，过了一会儿才挺起身子，伸出手去与海沃德的手紧紧相握。两个年轻人都会心地笑了。

"啊！"正说着话，海沃德突然叫出声来，身子也不由自主地往旁边躲闪开去。众人一惊，定睛看时，才发现是一颗子弹打在他身旁的岩石上，又蹦起来老高，最后掉到地上。

"这颗子弹打得好准！"海沃德又发出一声感叹。侦察员邦波捡起那颗子弹头看了看说："奇怪，从天上掉下来的铅弹怎么会砸得这么扁？"

恩卡斯却说："不，不是天上掉下来的流弹，是休伦人瞄准了打过来的。你们看……"说着便伸出手去向河对岸上方指指。

众人都顺着他手指的方向看去。果然看见河对岸正对着他们隐蔽的高度，一棵枝丫伸进河心空中的老橡树上隐约可见一个人影。原来是一个印第安休伦人爬上了那棵树，把身子一半藏在树干后，一半露出来，正向这边窥探着。刚才的暗枪显然就是他打的。

"可恶！这帮休伦人，还想爬到天上去呢！"邦波咬咬牙，眼看恩卡斯举起枪就要瞄准对岸，却说："等等，快腿鹿，你往那边挪几步，把身子藏起来。等我把长枪装上弹药一起动手，从两边同时开火。要打就一定把他完全干掉。"

恩卡斯把身子掩到一棵树后面，慢慢举枪瞄准。直到邦波喊一声"打"，两支枪便一齐开了火。只见对岸那棵老橡树先是有枝叶纷纷落下,接着又摇晃一阵,一枝长枪掉进河里。最后则是那个打冷枪的休伦人悬垂下身子,两只手却还紧紧地抓住一根光秃秃的树枝,整个人便在河水上方的空中晃荡。他显然是受了伤,不过并不会立即致命。好一阵,那个倒霉的休伦人一直吊着身子,无望地独自挣扎。敌对双方的射击都停了下来,都看着那不幸的人,也没有人能够伸出援手。

“这场面看着真叫人心头难受,”海沃德对邦波说,“还是再给他一枪吧,算是给他发点慈悲。”

邦波看了他一眼,却不屑地摇摇头,说:“我不能再为他浪费弹药,就看他死吧,现在不是发慈悲的时候。我知道这些印第安人,打起仗来就不晓得时间。他们会几天几夜纠缠着你,不割掉你的头皮是不会罢休的。除非他们完全死去或被别人剥掉头皮。”

然而,邦波说过这话后,海沃德却看见他慢慢地又举起了枪。海沃德惊奇地发现,在这个坚定而冷酷的侦察员眼里,此时竟有一种说不清的复杂神情。他顺着邦波长枪所指的方向看过去,便看见那个不幸的休伦人此时仍以双手吊在树枝上,正瞪大双眼看着他们,眼里满是忧郁、可怜和绝望的神情。他似乎还想做一下最后的努力,吊着树枝再摇晃一阵,却仍然毫无效果。正在这时,只听一声枪响,便见那休伦人全身一阵抽搐,头垂下来,终于像一粒成熟的果子,脱开果树母体掉进了河里,很快淹没在急流之中。

好一会儿,小河两边都没有一丝声响,只有河水冲激流淌的声音。这边的人也沉默着,并没有为这个胜利而欢呼。

最后还是“鹰眼”邦波先开口:“唉,这是我那只牛角里的最后一点火药,也是我子弹袋里的最后一颗子弹了。我也太他妈女人气了,还会看着他难受。他是挣扎着掉下河,还是中了枪掉下去,结果不都是一样吗,我却为他浪费了最后的子弹。好了,现在没有办法了,要想保住我们的头皮,只有再去取弹药。恩卡斯,快到河边的小船里去,把那只大牛角拿来。我们的全部火药都在里面。”

年轻的莫希干人点点头，并不说话，便转身向河边走去。

邦波正要叫海沃德和钦加哥也检查一下自己的枪和弹药，却又听到河边发出一声喊叫。接着便看见恩卡斯急匆匆地跑回来，一边跑一边还伸出手指向身后。很快，几个人都看清了河边的情况。原先系着绳索藏在河边树下的小船，此时已离开岸边漂向河中间，很快被湍急的河流带向下游。但那船看上去却并不是不由自主地顺水漂流的，倒像是被一只看不见的手牵引着，按一定航向走的。

“船下有人！”邦波本能地又举起自己的长枪，但很快放了下来，懊恼地说：“没有用，晚了，那家伙已经把船推到急流中了，就算我的枪有子弹也追不上他了。”

就像有意回应邦波的懊恼似的，河对岸林子里此时又发出一阵狂笑和喊叫。邦波不再说什么，向三个战士把头偏一下，示意离开，便返身走进林子，向还有三个人藏着的岩洞走去。

回到洞里，邦波把众人召集拢来。他首先对海沃德说：“少校，情况你都看见的，我和我的莫希干朋友，为帮助你保护这两位女士已经尽了力了。现在我们所有的人只能做好最后的准备，守住这个山洞，能守多久是多久。你看他们，我那两个莫希干朋友，那个老酋长一脸平静，他和他儿子会与我们一直在一起。”

海沃德转过去，看见钦加哥神态庄严地坐在洞口的岩石上。他已经把猎刀和战斧放在一旁，从头上拔下那根老鹰的翅羽，梳理着头顶上那簇头发，脸上的表情仍然是从容镇静的，只是乌黑闪光的眼睛里却又若有所思，流露出一种平静面对死亡的决心。

海沃德摇摇头，对邦波说：“情况也许没有这么糟呢，现在敌人一个也不见，也许他们知道战斗危险太大，取胜希望又这么小，会放弃进攻了呢。还有我们的援兵，孟罗司令也许正派人寻找我们呢。”

邦波看着他，也摇摇头，却笑笑说：“也许是吧，那我们就等着打完最后一仗。”说罢又向两个莫希干人笑笑，还伸出手拍拍恩卡斯的肩头。海沃德立即意识到自己那些空想无济于事，便不再说话，只是移动脚步，向科拉和艾丽斯两姐妹走过去，对她们表示一下安慰。

却听科拉说："为什么要等死呀？山洞四周都有小路通到森林里，从河里也可以逃走的。只要逃出去一个人，去亨利堡报告消息，我父亲一定会派人来解救我们的。"说这话时，她已经把目光从海沃德少校转向了侦察员邦波，眼睛里似乎对他充满了期待。

"对，这位女士说得有道理。"邦波似乎受到了启发，眼睛也一下放出光亮。

"大蟒蛇，快腿鹿，这个黑眼睛姑娘说的话，你们也听到了吧？"邦波这样说着，便站起身向两个莫希干人走过去，却用一种那四个白人听不懂的语言对他们讲起来。神态沉着镇定，又异常坚决。

邦波与两个印第安人说罢，又转过来对海沃德说："刚才我跟他们说的是特拉华语，那样对他们说话比说该死的英语更清楚，更能让他们理解。我准备和莫希干酋长突围出去，到亨利堡搬救兵。"

海沃德回头看时，只见那年长的莫希干人已经整理好装束，把自己的猎刀和战斧插进腰间，随后便走出山洞，从林间跳跃着跑下去，一纵身跳进了河，沉到水里，很快就看不见了。

邦波与众人目送着钦加哥离去，自己也拿起那支长枪走到科拉跟前，把枪放在她身旁，说："要是我们弹药充足，我决不会这么丢脸地撇下你们。唉！"说罢，便也沿着莫希干酋长走去的路下到河边，攀着岩石跳进河里潜水而去。

此时，大家都把眼睛转向了年轻的莫希干人。见恩卡斯平静地站着一动不动，科拉便走过去拉起他的手，转身指向河水，说："你的父亲和朋友都不见了，他们可能已经到了安全的地方。你也走吧，不必陪着我们等敌人来抓你。"

"不，恩卡斯要留在这儿，跟你们在一起。"年轻的莫希干人神情平静地说，就像他什么也没有想过。

在科拉的坚持下，海沃德这时也要恩卡斯离开。他知道印第安人只要跳进河里或走进林子，就像鱼儿钻进水里一样自在，而白人却办不到。那样既可减少一个人的牺牲,也可增多一点搬来援兵的希望。他鼓励着科拉继续劝说恩卡斯,要她以渴望见到父亲为由让恩卡斯快走。恩卡斯最后便不再坚持留下了,也跳进湍急的河流里,潜到很远处才冒出水面,向岸上的人挥挥手。

沮丧的俘虏

海沃德和他保护的姑娘最终被休伦人捕获当了俘虏，麦格瓦却留下了他们的命。休伦人还想抓到令他们吃尽了苦头的“长枪”邦波，几个白人也许就是最好的诱饵。印第安战士也尊重女性，这使海沃德感到了一线希望，他想与“刁狐狸”做笔交易。

当山洞里刚好只剩下最初走进森林的4个白人时，海沃德不禁对一天来的事态变化感到了一阵惊奇。只是短短一个昼夜，却经历了那么多的事：首先是受了那个休伦人奸细“刁狐狸”的骗，想抄近路却迷失在森林里；遇上邦波和莫希干父子才逃过了被抓去的危险；在山洞里过夜，听惊马的啸叫；神秘恐怖地挨到天亮却与敌人交上了火；打了半天，现在被围困着的还是最初的几个倒霉蛋。一切来也突然，去也突然。就连刚刚过去的紧张激战，也仿佛突然就消失了。现在周围已变得一派宁静，简直有些不可思议。

不过，海沃德很快就从遐想中清醒过来，他知道眼前的宁静很快就会过去，等着他们的将是更加激烈，也许还更加残酷的现实。两个姑娘从来没有参加过战斗，差不多连枪也不会打。而那个圣歌教师怕也是除了唱歌外，对敌人毫无还手之力，更何况他还没投入战斗就先被敌人的枪弹打伤，现在也根本不可能指望他能帮上忙。唯一的希望还是邦波和两个莫希干战士，如果他们真能搬来亨利堡的救兵，自己还可能不辱使命，让两个姑娘安全地回到她们父亲身边。但那前提则是尽可能把时间拖过去，尽可能藏起身来晚一点被那些休伦人发现。

他让科拉和艾丽斯姐妹与大卫·加穆藏在洞里不要出去。自己则小心地钻出山洞,四处查看一遍,收集些散落在地上的樟树枝条,拖过来把洞口遮掩起来。他做得很巧妙,外来的人如果不留心,便不容易看出来。把山洞伪装好后,海沃德又小心地钻进洞来,找出邦波留下的那床毯子把洞口挡上,使山洞里变得更加黑暗,只有些微亮光透进来。

一切收拾停当,海沃德便在洞子中央坐下来,一手紧握着自己的手枪,一手摸索着握住艾丽斯的手,安慰这个胆小的姑娘说:“我们的军队有句格言,只要有生命,就会有希望。你要像你姐姐那样,她什么都不怕呢。”

艾丽斯从姐姐科拉怀里抬起身子,说:“是,我已不再害怕了。”说话的声音却有些颤抖。

坐在旁边一直没有说话的大卫·加穆这时突然轻声唱出两句圣歌来,却又很快停下,问道:“这会有危险吗?”

海沃德笑笑,说:“这可怜的人。你的声音这样微弱,又有山洞的岩壁挡着,外面瀑布的喧闹声早把什么声音都盖住了,你要唱就唱吧。”

圣歌教师感激地连声说:“谢谢!”便用悦耳的嗓音轻轻唱起来。借着洞口漏进来的一点亮光,海沃德和孟罗姐妹看到,大卫·加穆此时仍然是一副神圣庄严的样子。

就在这时,山洞外突然响起一片狂呼的乱叫声,一下打断了圣歌教师的歌唱。艾丽斯一下把头埋进姐姐科拉怀里。科拉一把将妹妹抱紧,同时又伸出一只手把海沃德抓住。海沃德赶忙轻声安慰两姐妹说:“没什么,没什么,他们并没有发现我们。”一边则留心倾听着外面的动静。

洞外的吵嚷声仍然是一片嘈杂,谁也听不懂那些休伦人在说些什么。

突然,洞外好几个人异口同声地喊叫起来:“长枪,长枪!”

使海沃德奇怪的是，这样的喊叫他听得很清楚，因为他们发出的这个单词是英语。

“长枪”正是侦察员邦波的名字，海沃德想起那两个莫希干人除了喊他“鹰眼”外，也这样喊过他。他听出那些休伦人在喊叫这个名字时似乎很兴奋，显然他们发现了什么，多半正是邦波扔在外面的空弹药袋。

几分钟过去了，外面却突然没有了声音，静得有些可怕。但这样的安静很快就被打破。一些零乱脚步踩着枯树枝发出的声响传进来。最后，那堆樟树枝终于摇动起来，挂在树枝上的毯子一角也跟着掉了下来，一道强烈的光线射进岩洞里。

与此同时，海沃德听到自己身后也突然传来一声喊叫，声音明显发自所藏岩洞的深处。海沃德于是明白，敌人找到了另一个洞口，已经摸索着扑了过来。

海沃德警惕地转过身去，刚要拿枪向后面走，却听艾丽斯“啊”地发出一声惊叫。他转过脸来，便看见洞口那块恰似门槛的岩石上方，出现了一张原本十分熟悉，而现在已经变得很凶恶的脸。

“啊，是他，刁狐狸麦格瓦！”海沃德恍然大悟，不假思索地向着洞口开了枪。

岩洞里发出一声可怕的炸响。科拉和艾丽斯，以及刚刚还唱着圣歌的大卫·加穆都被枪声震得张大嘴巴，又用双手捂住耳朵，一脸惊恐。

但洞口的休伦人向导并没有被打中。随着一声喊叫，麦格瓦和一群休伦战士一齐拥进了山洞，马上七手八脚地抓住了海沃德和他的保护对象。同时缴获的还有邦波留下的那支枪。

对于当俘虏，海沃德其实是有所准备的。自从侦察员邦波和那两个莫希干战士走后，他就在心里设想过无数遍。那以前，因为多次在战场上与敌人短兵相接，海沃德看到过很多俘获的敌人，也看到过自己的士兵被敌人俘去，那都是极其正常的，用不着过多思索。但这次不同,与自己在一起的是两个娇嫩美丽的姑娘,是自己尊敬的英军司令官托付照顾的对象。而对方获胜者恰恰又是一些与文明世界格格不入的土著人,这就不能不使他忧虑和担心。

但很快,他那样的忧虑就减轻了许多。与往常打过交道的印第安敌手不同,由自己先前的向导麦格瓦带来的这群休伦人,面对浑身战栗的这对英国姐妹却显得很尊重,就像尊重他这个英国军官一样。

在把俘虏拉出山洞,站到林间空地上之后,有几个休伦战士便走上前来,羡慕地摸摸海沃德军装上的金属装饰。接着,又好奇地看着姐妹俩穿的衣服,正要伸手摸一摸,却被麦格瓦喝住。几个休伦人立即收回手,转身钻进洞里继续搜寻起来,却再没有搜到什么。

几个休伦人重新走到白人俘虏面前,神态立即改变了许多,都恶狠狠地向海沃德少校和圣歌教师吼道:"长枪,长枪!"

海沃德于是明白,他们最想抓到的就是那个侦察员邦波。海沃德心里闪过一丝骄傲的情绪,便任那些休伦人吼叫,故意一句话不说,不回答他们的任何问题。一边则用眼睛寻找自己原先的向导,希望他能制止他这些休伦族兄弟的无理。

麦格瓦很礼貌地回应了海沃德,走上前来伸出手让人们停止了吵嚷,接着用英语对海沃德说:"他们要找到那个枪法很好,眼睛也尖,又熟悉这片林子的白人。他们吃够了他的苦头,要让他也尝尝休伦人的厉害。我也一样,那个跟印第安人一样的白人也打了我一枪!"

"但也许你永远报不了这个仇,他逃走了。"海沃德幸灾乐祸地说。

"不,我们要抓到他!他跑不远,一定是在哪里藏起来了。"麦格瓦神情固执地说。又回过头去向休伦战士问道:"是不是这样?"

"是。"早已等得不耐烦的休伦人齐声回答,又"长枪,长枪"地喊叫起来。

"听到了吧,"麦格瓦冷冷地说,"休伦族的红种人一定要长枪的命呢,要是找不到,那你们都得替他死!还有那两个特拉华人,大蟒蛇和快腿鹿在哪儿?"

“他们也逃走了。”海沃德再次用幸灾乐祸的语气说。

对于印第安森林居民来说，借着丛林和河流逃走，应该是再自然不过的事。麦格瓦这次很容易就相信了海沃德的话，神情沮丧地撇下俘虏走到一边去，同时向几个休伦战士做了个手势。几个人一拥而上，解下身上的鹿皮绳和藤条把白人俘虏牢牢地捆绑起来。

海沃德任他们捆绑，眼睛却一直不离开麦格瓦。他知道他们4个人的命运，现在就掌握在这个既能说印第安休伦语，也能说英语和法语的红种人手上了。他担心他立即就会兑现刚才的话，把他们几个白人毫不留情地杀死，以报复在“长枪”邦波手里吃过的苦头。

不过，海沃德心里的恐惧很快就减轻了些。他看到麦格瓦和几个休伦战士在树林边围成圈商量了一阵，走过来向看押俘虏的战士招招手，几个人便推搡着他们向河边走去。

刚才被休伦人偷去的小船这时已划回了岸边。麦格瓦指挥着人们让白人俘虏挨个上船坐定，一个负责撑船的休伦人便撑着船向对岸划去。其他休伦战士和麦格瓦一起，则纷纷跳下河游水过去。

到了河对岸，休伦战士把俘虏押上去，丛林里的休伦战士很快牵来了几匹战马。海沃德和孟罗姐妹都惊奇地张大了嘴看着，那正是他们自己的坐骑，昨晚藏在河边树荫下，夜里还听到它们惊叫的，却原来早已被这些休伦人捉了去。

随着牵马的休伦战士走来的还有一个身材高大，看上去是首领的红种人。那人走过来与麦格瓦说了几句，便跨上海沃德的战马，率领大部分休伦战士返回林中走了。麦格瓦则带着另几个战士押着白人俘虏向另一条路走去。所带的两匹马则让科拉和艾丽斯姐妹俩分别骑上，那样，队伍可以走得快些。

海沃德回头望了望来路，立即判断出他们所走的方向正是昨天来的路，心里便猜想麦格瓦可能会把自己押去向法国人请赏，或者拿去与英国人作交换。总之，看来这些休伦人暂时是不会割他们的头皮了。心里便有些轻松起来。

走了一会儿，看看完全是走在森林里，似乎离开自己要去的威廉·亨利堡要塞越来越远，海沃德心里又冒出一个大胆的想法，便加快脚步，赶上麦格瓦与他搭讪，向他提出交换条件，许给他数量可观的金钱，请他立即放了俘虏。不料麦格瓦却一口回绝了他，继续向树林深处走去。直到天色渐渐暗下来，到了森林间一处空旷的高地，麦格瓦下令停下来安排宿营，海沃德仍没有放弃贿赂他放人的想法，几次想搭上话努力说服他，却始终遭到了麦格瓦坚决的拒绝。

痛苦的交易

麦格瓦对英军少校的贿赂不予理睬，却对科拉提出了令她痛苦的交易条件。恼羞成怒的休伦人酋长决定杀死俘虏。海沃德与敌人拼死搏斗，眼看精疲力竭危在旦夕，森林里又响起一声啸叫。令休伦人闻风丧胆的“长枪”突然杀到……

休伦人首领“刁狐狸”麦格瓦将要把4个白人俘虏带向何处，目的是什么？英军少校海沃德和他的保护对象孟罗姐妹一直猜不透这个谜。而那个圣歌教师却没有心思去猜什么谜，一直默不作声地跟着走，只在心里默诵着那些永远也唱不完的赞美诗。

到宿营地后，海沃德一边照顾着姐妹俩休息下来，一边仍寻思着贿赂麦格瓦放人的办法。当看到那几个休伦战士射杀了一只小鹿，又忙着割肉生吃，而麦格瓦却独自在一棵山毛榉树下躺下来，海沃德再次走上前去与他搭讪，希望他能接受交换，放走俘虏，到亨利堡孟罗司令那里领赏钱。

“孟罗司令如果能早点见到他的女儿，一定会慷慨地增加赏金。”他向麦格瓦保证说。

但麦格瓦的回答却让海沃德吃了一惊，因为他提出要亲自跟孟罗司令的女儿说话。“去吧，你去把那个长着黑头发的姑娘叫来。我的条件她如果答应的话，我相信她父亲或许能记住并且希望兑现。”麦格瓦指的黑头发的姑娘就是姐姐科拉。

海沃德不知他要对科拉说些什么，却存了一点希望，便把科拉叫了过来,并告诫她:“不管他要什么,火药也好,毛毯也好,只管答应他好了。”

麦格瓦等科拉走近,却又叫海沃德走开:“当休伦人酋长和女人说话的时候,部落里的人都应该回避,这点规矩对你同样适用。”

在听到科拉也镇静地要他走开后,海沃德才半信半疑地走开了。

到榉树下只有两个人时,麦格瓦突然一把抓住科拉的手,恶狠狠地说:“听着,你现在是与一个印第安酋长说话,不管你是什么司令的女儿,现在都得放下你的架子,对酋长保持尊敬,可听清了?”

科拉被麦格瓦攥得很疼,坚决地把自己手臂从他的手掌中抽了出来,一声不吭地听他说,并没有一点害怕的神情。麦格瓦看了,也缓和了语气,继续说:“小姐,你现在面对的这个休伦族红种人,生来就是一个酋长和战士。在第一次见到白人前,我曾经看到过 20 个夏天的太阳,也看到过 20 个冬天的积雪。我们以打猎和捕鱼为生,那年月,我和我的印第安同胞是很快活的。可是后来,那些跟你父亲一样的白人闯进了林子。在他们教会了印第安人喝火水,就是那该死的酒之后,我就看到自己的战士一个个变成了无赖汉。后来白人又让我们帮他们打仗,一个休伦人的酋长还落到了特拉华人的手里,被迫与他们一样,替白人牵马当向导。知道那是谁吗?那就是我,刁狐狸!”

科拉见他说起来竟有些激动,便有些不安地说:“对你的不幸,我又能做点什么呢?”

“听着,白人小姐,”麦格瓦不满自己的话被打断,语气严厉地继续说,“是白人教会了我们喝火水,把我们从原先居住的地方赶了出来。现在白人自己要打仗了,却又来领导我们,还规定不准在军营里喝火水,说是纪律!驻守在霍里肯湖边的英国人首领,就是你的老父亲孟罗,还当着白人士兵的面,把一个违犯了禁令的休伦人酋长绑起来,像对待一条狗似的打了一顿鞭子。瞧,这就是你那引以为傲的父亲赏给休伦人酋长的耻辱!”

麦格瓦一把扯开薄花布衣衫,亮出带有鞭痕的后背。

科拉看了，心里不禁一紧，有些难堪地说："那么你想要什么，我父亲才能补偿你的屈辱呢？"

"有恩报恩，有仇报仇，这是休伦人的格言。"麦格瓦继续说，"当麦格瓦离开他的族人时，他的老婆也给了别的酋长。现在我重新回到了休伦人中间，我将要重返本氏族祖坟所在的地方，但我必须有个老婆。如果你这个英国首领的女儿能跟我一起走，一辈子住在我的棚屋里，你的妹妹，那个蓝眼睛姑娘就可以回到你们的父亲那儿。刁狐狸的心不是石头做的，我说话算数。你的白人军官不是要跟我作交换吗，去告诉他吧，这就是我的条件！"

"不！"科拉厌恶地喊出来。很快又克制住情绪，对休伦人酋长说，"你要一个并不爱你，你也不爱她的白人妻子在屋里，能得到什么快乐呢？我看还不如拿了我父亲的钱，去换一个休伦姑娘的心为好。"

"废话！"麦格瓦恼怒地说，"当一个休伦人背上创痛难耐时，他难道不知道什么女人才能分担他的痛苦吗？我要的是孟罗的女儿来为我打水，锄玉米，烧鹿肉。我要让那个白人老首领即使睡在他的大炮旁，还得把心放在刁狐狸的刀尖上！"

"魔鬼！只有魔鬼才想得出这样毒辣的报复手段来。可是，你永远不能得逞，孟罗的女儿要让你的企图全部落空！"科拉说这话时激动得浑身颤抖。在那印第安人冷笑着做出结束谈判的手势时，科拉便迅速转身向海沃德和艾丽斯所在的地方走去。

海沃德见科拉怒气冲冲地走回来，急切地迎上去，关切地问她谈判的结果究竟怎样。他仍被捆着手，不然他会毫不犹豫地伸出手抚摸她的肩头。

科拉久久不说话，只是把妹妹艾丽斯紧紧抱住。好一会儿，才又转过脸去，用手指着那些印第安人，语气焦虑地说："从他们的脸上，就可以看出我们的命运啦。我们等着瞧吧！"

海沃德看见，那边的印第安休伦人正聚在一起，边吃着生肉，边商议着什么。麦格瓦站在他们中间说着话，一边说一边不停地挥着手。

很快,似乎主意已经商定,便见所有的休伦战士都拔出刀子提着战斧,恶汹汹地喊叫着冲了过来。

海沃德急忙奔上前去,挺身站到姐妹俩前面,不顾一切地挡住冲在最前头的人。两个强壮的休伦战士并不把白人军官看在眼里,径直朝他扑过来。海沃德开始还想反抗,把捆着的双手并成拳头举起来与敌人搏斗,但很快便被两人制服,重新用绳索反手捆绑起来。另一个休伦人也抓住瘦高个儿的圣歌教师大卫·加穆,把他捆扎得更紧。其余的人则抓住了科拉和艾丽斯的肩头,把她们推着走过去。

随后,麦格瓦又指挥着休伦战士把4个俘虏分别绑到几棵橡树上。接着又找来些枯树枝,在海沃德和圣歌教师面前垛成柴火堆。一个休伦战士还不厌其烦地把一根粗大的松木枝劈成小片,很快就燃起了火。过了一会儿,几个休伦人同时拿起燃着火的树枝,威胁性地在两个男俘虏眼前晃了晃。

"刁狐狸"麦格瓦伸手做了一个手势,示意他的手下不要立即拿火棍灼烧俘虏。他自己则走到科拉面前,凶狠地说:"哼,孟罗的女儿打算怎么办呀?她的脑袋太高贵啦,刁狐狸的棚屋里找不出配得上的枕头。她的胸脯也很高贵是不是,休伦人的孩子也配不上她的乳房。那就看印第安人朝她的胸脯吐唾沫吧!"

"这可恶的休伦人跟你说了什么?"与科拉隔着几米远的海沃德吃惊地问道。

"没什么,"科拉的语气已经平静下来,"他只是个愚昧无知的野蛮人。让我们在临死之前宽恕他吧。"

"宽恕什么?你宽恕你自己吧!"麦格瓦突然打断了科拉,恼怒地指着她身边的妹妹艾丽斯,说,"你瞧,那孩子在哭哩。她这么点年纪就死掉,你当姐姐的就不知道为她心疼吗?还是把她送到老孟罗那里去吧,让她去给他梳梳白头发,也好保住他那条老命。"

"他在说什么,科拉?"艾丽斯听他提到父亲的名字,眼睛里露出求生的渴望。

科拉看到艾丽斯的神情，心里一阵难过，便以母亲一样的口吻对她，也对海沃德说："这个休伦人向我提出了一个条件，只要我答应了，他就放了所有的人。他要我跟他到休伦人居住的地方去，要我永远住在那儿，做他的妻子！好了，既然我已经说出来了，你们就帮我出出主意吧。我亲爱的妹妹，还有你，海沃德少校，你们愿意接受我以这样的代价换来的生命吗？你们说我该怎么办，我一切都听你们的。"

"不！"年轻的英军少校首先喊出来："科拉，科拉，你没有答应他是不是，别再提那该死的条件了，那是比死还难受的啊！"

"不！"艾丽斯也跟着喊出来："不，不，姐姐，我宁愿像我们活着时一样，要死就跟着你一块去！"艾丽斯边说边摇头，一脸坚决的神情。

科拉脸上露出了微笑，接着说："你们的回答果然是这样，我早料到的。好了，艾丽斯，你不怕死，我也不怕，姐姐跟你在一起。"

"那就去死吧！"休伦人酋长听不下去了，恼怒地大喊一声，猛地把手里的战斧向艾丽斯扔过去。战斧从海沃德面前掠过，劈断了艾丽斯一缕飘动着的头发，一下砍进她头顶的树干。

海沃德见那情景，军人的本能促使他不顾一切地挣扎起来。全身突然使劲，竟把捆绑着的绳索挣断，随即纵身一跃，朝一个抡起斧子正要扔出的休伦战士猛扑过去。两人便都摔倒在地，扭作一团，不停地翻滚起来。

这突然发生的变故使所有的人目瞪口呆。科拉和艾丽斯以及圣歌教师都一齐张大了口，紧张地看着他们搏斗。麦格瓦和其他休伦战士也一下傻了眼，不知所措，拿了战斧也帮不上忙。

与海沃德搏斗的休伦战士身体高大，此时又赤裸着身子，海沃德无法把他抓住，只能徒劳地在他肩背上揪扯着。对手却很快从海沃德手中挣脱出来，翻身站起，又一个猛扑，全身将海沃德压住，以膝盖顶住海沃德的胸口，同时空出一只手，从腰间抽出猎刀高高举起。海沃德眼疾手快，伸出手抓住对方持刀的手拼命抵抗。眼看海沃德渐渐支持不住，科拉和艾丽斯姐妹俩绝望地叫出了声："啊！"

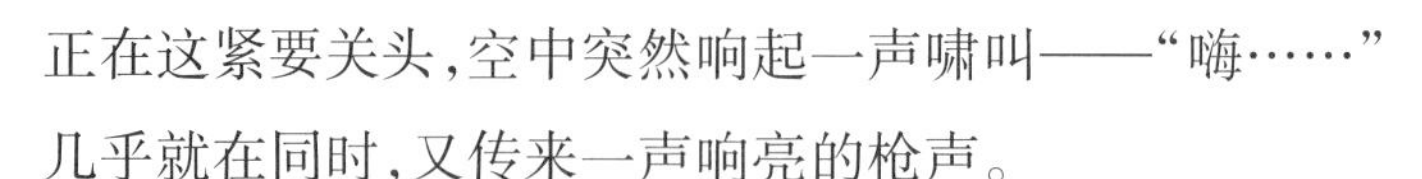

正在这紧要关头,空中突然响起一声啸叫——“嗨……”

几乎就在同时,又传来一声响亮的枪声。

已经陷入绝望之境的海沃德忽觉胸前一阵轻松,刚刚还令人窒息的重压已经解除。俯在身上的休伦人脸上的神情,瞬间就奇怪地发生了变化,由凶狠残忍变成了呆然失神的模样。海沃德趁势用力挺身,那休伦战士便一头扑倒在身旁的枯枝败叶上了。

麦格瓦和其他休伦战士被这突如其来的变故惊呆了,一时不知发生了什么事,竟有些不相信眼前的事实。一个休伦战士提着斧子弯下身察看,很快又抬起头来,不解地望着自己的首领。休伦人酋长也看清了那个死去的战士头上的弹孔——这颗致命的枪弹打得实在太准了,在互相纠缠扭打着的两个人中,十分准确地选择了敌手而避免了伤及朋友。一旦看清,麦格瓦和他的休伦战士都异口同声地惊呼出来:

“长枪!”

拼死的搏杀

命大福大的海沃德两次从休伦人的猎刀下死里逃生。狡猾的“刁狐狸”也骗过了钦加哥锋利的刀刃。拼死的搏杀能不能最终分出胜负？大卫·加穆的赞美诗和孟罗姐妹找到爱马的喜悦，会不会为这支浩大的森林进行曲画上一个完美的休止符？

早上离开山洞顺河逃出去的侦察员邦波和他的两个莫希干朋友，并没有往前走到亨利堡要塞，也没有返回爱德华堡去搬救兵。在他们潜水逃出休伦人围捕的范围后，邦波即对莫希干父子说：“不行哪，我的朋友，我们不能再走了。不论走哪个方向时间都不够，很可能我们还没走到英国军队驻地，那几个白人就已经被杀了，那时我们把救兵搬来做什么？”

莫希干酋长钦加哥和他的儿子恩卡斯都认为他说得有道理，也不愿离开森林。三个人于是又重新摸索着走回来，在原先藏身的山洞和附近林子搜寻一阵，却并没有见着一个白人的踪影，连邦波留下的那支已没有弹药的长枪也不见了，想来是连人带枪都成了休伦人的战利品。不过，从现场情形来看，那四个白人并没有立即被杀死，多半是被当成俘虏押走了。邦波和莫希干父子匆匆作了判断，便游水过河寻找着一行人的踪迹追赶。

但追了一段路后，邦波对自己判断的方向产生了疑问，因为一路上他都没有看到白人穿的靴子印，而只有印第安人穿的鹿皮鞋留下的印痕，这就有可能只是一队印第安战士从这条路上走过。他当然不知道，在那之前，正是“刁狐狸”麦格瓦多了一个心眼，坚持要两个白人男俘虏换下了靴子，就是为了防备有人追赶。

最后还是恩卡斯帮邦波做出了正确选择，坚持按原路追下来。恩卡斯仔细辨认了与鹿皮鞋印混在一起的马蹄印，断定那正是科拉和艾丽斯姐妹俩所骑的马。他说只有普罗维登斯那个地方出产的这种马，才有这样的蹄印，他很熟悉，绝对不会错。之后，三个森林战士便寻着马蹄印一直追赶了二十多英里，直到天黑时才赶上了押着俘虏的人群。那时，被俘虏的白人男女都已被绑在了树上。海沃德少校和圣歌教师面前燃起了火堆。孟罗姐妹也被休伦人牢牢看管着。死神正一步步逼近他们。

邦波和莫希干父子借着篝火的光亮观察了形势，并没有立即动手展开攻击，而是悄悄地摸到休伦人支成三角形的步枪架边，首先偷出了几支枪，其中包括邦波那支有名的长枪。邦波尤其高兴的是，自己那支原本耗尽了弹药的空枪，此时已经被休伦人装上了火药和子弹。在海沃德正要被那手持短刀的休伦人杀死之际，他就是用自己的长枪和敌人的子弹一枪毙敌的。

邦波及时而准确的一声枪响，一下就震慑住了正欲杀人的休伦人。好一会儿，“刁狐狸”麦格瓦才反应过来，抓起战斧发出吼叫，要与“长枪”邦波决一死战。与此同时，另外的休伦战士也看见了林中的袭击者，都挥着战斧呐喊着扑过去。

邦波来不及再装弹药，只得也怒吼一声，挥起长枪迎敌。在他身后，跟着又闪出恩卡斯健壮而敏捷的身影和钦加哥绘着花纹的光身子。两个莫希干人并没有用枪，而是仍旧使着早已习惯趁手的印第安战斧。三个人同时吼叫着跳出林子扑向休伦战士。林间空旷的高地上便展开了一场激烈的厮杀，双方愤怒的呐喊响彻森林上空，又激起阵阵回声。

“快腿鹿”恩卡斯挥动战斧，照准一个休伦战士跳过去，首先砍倒一个敌人。

“鹰眼”邦波用双手倒握着长枪，抡圆了向一个休伦战士横扫过去，一下把对手打倒在地。

受到战斗的激励，从地上翻身爬起来的英军少校海沃德，这时则顺手抓起敌人的战斧参与格斗。他性子急，没等冲到敌人跟前，便把手中的战斧扔了过去，只是击中了敌人身体而没有使敌人丧失战斗力。没有武器却也不肯退缩，海沃德也顾不得许多了，赤手空拳扭住一个休伦战士便打。但对手却拿着一把短刀，返身过来伸手便刺。海沃德只好迎上去伸出双手将敌人抱住，使那短刀近不得身。搏斗似乎重复着先前已有的一幕，海沃德眼看又要被敌人的刀子捅破胸膛，又是邦波一声大喊，挥起的枪托就砸到了休伦人光光的脑袋上。海沃德再捡了一条命。

那边激烈的拼杀正在进行。这边被绑着的三个人却只能干瞪眼着急。唯一留下来看守着他们而没有立即参加搏斗的休伦战士，眼看着自己的同伴一个个倒下，便也急了眼，挥起手中的战斧向科拉扔过去，却只是割断了捆绑着她的藤条。科拉反倒获得了自由，急忙跑过去解开被绑着的妹妹艾丽斯。

休伦人一斧落空，正恼羞成怒，看到姐妹俩搂抱在一起，便发狂似的冲过来，一把抓住科拉的头发，倒拖着把她摔倒在地，又抽出腰间的短刀要划破科拉的脸。这情景恰好被年轻的莫希干人看到，只见恩卡斯一声大喊，飞也似的扑过来，猛地把那休伦战士推出十多米远。他自己也跟着那休伦战士跌倒在地。两个人回过神来，都迅速爬起身，先是扭打成一团，接着又跳开距离，拿起短刀挥臂猛砍。

这样的战斗并没能持续多久。同时解决了各自对手的邦波和海沃德一齐奔过来，战斧和枪托便相继落到了休伦战士身上。恩卡斯的刀子也在最后一刻刺进了他的胸膛。

所有这一切看似激烈的血腥格斗其实并非这一幕大戏的高潮。靠近森林边缘，此时正在进行的两个印第安酋长的徒手搏杀才是名副其实的森林激战。

“刁狐狸”麦格瓦和“大蟒蛇”钦加哥刚开始交手时，都拿着各自的战斧。他们先是互相躲闪避敌锋芒；继而两斧相碰砍出一片白光，震得手臂发麻，干脆都扔掉战斧，空手相向；最后则是一冲而上，互相揪住，一齐摔倒在地扭成一团，恰似两条交错缠绕的巨蟒，久久不能分出胜负。

当那边的胜利者发觉已经没有对手可战时，回过头来，才看到两个身为首领的印第安人仍在进行着殊死搏斗，并且已经扭打着翻滚到下方树林的边缘。恩卡斯和海沃德、邦波一齐跑过去，围着两个印第安酋长却又帮不上忙。“快腿鹿”恩卡斯拿着短刀一直找不着刺下去的机会，只能跳来跳去地干着急。“鹰眼”邦波几次举起手中的长枪，想一枪托敲碎那“刁狐狸”的脑袋，也都白费力气，不得不放下枪，眼睁睁看两人继续扭打。

两个印第安酋长此时似乎仍然精力十足，在地上翻滚着，丝毫没有因疲惫而停止厮打的迹象。两个斗士浑身都是鲜血和泥土，黝黑的身体紧紧粘贴着，不论是从外形还是从颜色上看，都仿佛已经变成了一个人。站在他们身边的人，不管是白人青年还是印第安斗士，以及两个相拥着惊叫不已的英国姐妹，尽管都睁大了眼睛，也无法分清谁是自己人谁是敌手，因此根本无法伸出援手。

也许是围观者的呐喊助威终于帮上了一点忙，“大蟒蛇”钦加哥在翻身重新占据上方位置时突然抓住了一个空当，迅速从腰间抽出了短刀，一声大喊便朝身下的敌人猛刺下去。“刁狐狸”这次没有反抗，终于松开了紧搂着钦加哥的手，仰头瘫在地上不再动弹。钦加哥迅速跳起身来，发出一声胜利的欢呼。森林里响过一片回声，很快又复归宁静。

“了不起！”

“真是好身手！”

海沃德和邦波由衷地一齐发出赞叹。邦波说：“好了，胜利的莫希干勇士，让我用最后一击来结果他的生命吧。”

说时迟，那时快。正当邦波举起枪托要砸下去时，躺在地上的休伦人酋长却突然就地一滚，跟着又一蹦而起，纵身一跃，便钻进了山脚下的林子。众人顿时傻了眼。待两个莫希干人回过神来，不由得一声惊叫，就像猎犬不舍到嘴的小鹿，也纵身追踪而去。但很快两人又返回来，沮丧地摇摇头。

邦波拍一下恩卡斯的肩头，安慰他说："好了，他跑了就跑了，这不是你的错。刁狐狸就是有这种骗人的本事，你根本不能盼望着与他公正交手。去，与你老爸一齐动手，剥下那些休伦人的头皮吧，你是胜利者。"

一场战斗除了给这片林子留下几具休伦战士的尸体和一堆燃烧过的灰烬外，战场很快就打扫干净了。邦波指挥着众人收拾起休伦人留下的物品，把所有武器检查了一遍，除了找回被敌人缴获的长枪外，还多出来好些武器。现在，就连海沃德和圣歌教师大卫·加穆也分到了长枪和弹药。

圣歌教师拿起长枪挎在肩上，提高嗓门大声说："朋友们，我邀请你们和我一起来赞颂这次胜利，祝贺我们从野蛮的异教徒手中脱险。让我们来唱一首庄严的圣歌吧——《北安普敦》。"说罢，也不管其他人是否响应，便放开喉咙唱了起来。众人都惊叹他此时的歌声。在刚刚经过一场血腥战斗之后，大卫的圣歌回响在寂静的山林里，更有一种神圣庄严的气氛。

科拉和艾丽斯听着大卫唱的圣歌，心里充满了感动。突然，两姐妹同时站起身，手牵着手向山坡下跑去。借着尚未燃尽的篝火的光亮，她们竟找到了那两匹马。刚才，在高地上人们一片喧嚣的厮杀声中，两匹马惊恐地挣脱了绳索，跑到林子里躲藏起来，现在听着圣歌，却是一派安详，还伸过头来与两姐妹亲热。姐妹俩看了都感动不已，艾丽斯还禁不住流下了眼泪。

血池的传说

小木屋前，钦加哥痛说莫希干民族的惨痛历史。血池塘边，侦察员回忆英法两军的血腥战斗。历史会否重演，小分队能不能突围？突然遭遇的法军士兵也难免割下头皮的命运。亡命奔逃的夜行人头上响起了炮弹的呼啸。

经过两天一夜的奔波和两次激烈的战斗之后，除开那个逃跑了的休伦人酋长麦格瓦，最初的队伍又奇妙地集合在一起了。现在大家都认定了一个指挥官，就是侦察员“鹰眼”邦波。这一点，就连年轻勇敢的英军少校海沃德也认可了。尤其是此刻，在这片茫茫的大森林里，邦波与莫希干酋长同样丰富的经验更是具有生命保证一样的价值。没有任何争议，大家就服从了邦波的指挥，由他带着向目的地威廉·亨利堡走。

邦波并没有完全照着来时的路走，在带着大家走过一段旧路之后，便拐进了一片稠密的栗木幼树林，拨开那些几乎盖没了地面的嫩枝举步前进。他走得很慢，每走一步都像在寻找着什么。最后终于穿过一片荆棘丛生的灌木林，走到一片空旷的开阔地。大家于是看到，在开阔地上方的山丘上出现了一间小木屋。

“好了，不必再赶路了，这就是今晚的宿营地。”邦波说。海沃德难免好奇，围着木屋转了一圈，又钻进去察看。木屋里什么也没有，还破旧不堪，仿佛随时都有倒塌的危险。根据以往的经验，海沃德还担心，一旦屋子被敌人围住，逃生的可能性几乎等于零。他有些不放心地问邦波，这破屋到底还能不能住人。邦波不回答，却指指莫希干父子。两个莫希干人也不说话，却毫不犹豫地往屋里走，脸上神情还有几分兴奋。海沃德于是明白，这屋子一定是他们非常熟悉的地方。他向邦波说：“你的意思是没有敌人会知道这个地方？”

“当然，知道有这所木房子的人差不多全死了。”邦波向海沃德和孟罗姐妹讲起了这里曾经发生的故事。

若干年前，这里也发生过一场激战，敌对双方就是分别为英国军队和法国军队效力的印第安莫希干人和休伦人。英军侦察员邦波也与莫希干人一起参加了战斗。整整40个昼夜，莫希干人被数倍于己的休伦人围困在这片森林里。打到后来，只剩下少数莫希干人依靠这间木房子顽强抵抗。最后，邦波和莫希干人经过精心谋划，趁敌不备，突然出击，杀死了所有的敌人。之后，他们掩埋了敌我双方战士的尸体，丢弃了这所房子，再也没回来过。那以后莫希干部族便衰落下去。到现在，整个部族只剩下了眼前这两个莫希干人——酋长和他的儿子。

邦波简单讲述了战斗过程，又叫莫希干酋长为他证实。所有的人，包括年轻的莫希干人恩卡斯都聚精会神地听他们讲。钦加哥于是又讲起与休伦人结怨打仗的来龙去脉。

莫希干人原是美洲大陆土著印第安居民中的一个大部族，与特拉华人属于同一族源，曾经有过辉煌的历史。欧洲人到来之前，他们世代生活在霍里肯湖周围，靠打猎捕鱼为生。霍里肯湖和周围森林里的物产十分丰富，几乎是取之不尽用之不竭，莫希干人生活很富足。后来，荷兰人、英国人和法国人先后来到这里，既带来了枪炮，也带来了“火水”（酒）。莫希干人和许多印第安部落一样，先是受到“火水”的诱惑，猎物都拿来换了“火水”，被醉得天地不分，后来又被迫让出了自己的土地，一步步被赶离了河岸，只能在森林里生活了。但这样的生活也没能过下去。北方的莫霍克人和休伦人，又用法国人给他们的武器，来抢夺莫希干人和特拉华人的土地。莫希干人失去了生活的根

基，最终流散四方，再难认同自己的部族。

"许多年前的花儿哪里去了呀？"莫希干酋长讲完自己的故事后发出询问，又自己回答道："枯萎啦，一朵接一朵地谢去啦！我们莫希干族的所有人，都一个跟着一个，到精灵的世界去了。现在我还站在山顶上，不久也要下山谷的。等到恩卡斯也走完我的路时，酋长的血统也就断绝了。我的儿子是最后一个莫希干人了。"

听完钦加哥的讲述，大家都一齐沉默了好久。科拉突然想到，这样的话似乎不久前也听到过。她想起那个休伦人酋长麦格瓦，在与她谈判放人的条件时，也说起过自己部族的类似故事。他也说起过"火水"的作用，还说因为在她父亲的军营里违令喝"火水"而被鞭打，因而决心报复。科拉在心里说："真是奇怪，两个互相敌对的印第安部落都有着相同的经历，而他们的仇恨却又是那么深，这一切究竟是怎么回事呀？"

凌晨时分，邦波早早地把大家叫醒，趁着月色赶路。在离开小木屋走过很长一段林中道路之后，邦波带着队伍来到一个名叫"血池"的地方。所谓"血池"，其实只是林间的一个小池塘。"哦，我知道血池这名字，在军中赫赫有名，原来是在这里啊！"海沃德惊奇地说。

"是，这就是血池。"邦波肯定地说。

那是邦波参加过的一次战斗，他和一队士兵奉命深入法军敌后侦察，在这里打了一场遭遇战，双方死伤无数。最后还是邦波带领的英军侦察分队获胜，把敌人全部扔进了这个池塘。多数敌人已经死去，也有还没断气的。鲜血很快把池塘的水染红，很久以后都没有恢复原来的颜色，因此人人都叫它"血池"。英国军人把这里引为骄傲，法国士兵则把这里看成令人生畏的恐怖地带。

"这里距离亨利堡要塞已经不远了，这地方位置明显，找到它就不会在森林中迷路了。"邦波似乎在解释着自己选择"血池"作为暂时歇脚之地的理由。他这样做一下解释是必要的，因为不仅科拉和艾丽斯两姐妹，听到"血池"之名浑身发出了颤抖，就连海沃德少校和那虔诚的圣歌教师,脸上也有了恐惧的神色。

正在这时,侦察员邦波突然一把抓住了海沃德的肩头,悄声说道:“嘘,不要动,我看见池塘边有什么东西在移动!”

海沃德不禁心头一紧,立即把更加惊慌不安的科拉和艾丽斯揽进怀里保护起来。是真的,众人都看见了那个移动着的身影。

“是谁?”一个严厉而急促的声音喝问道。在这样一个荒凉、肃静的空间,那声音仿佛来自另一个世界。不过海沃德和孟罗姐妹很快就平静下来。他们听出那并不是魔鬼发出的问话,而是一句法语,显然对方是个法军哨兵。

当对方再问一声“是谁”,海沃德立即也用法语回答道:“法兰西!”

边说边迎上前去,走到离那人只有几米远的地方站住。一只手则紧紧攥住了腰间的短刀。

法军哨兵仍然保持着警惕,也相隔着距离站定,又问:“这么晚了,打哪儿来,到哪儿去?”

“刚完成搜索任务,现在回去睡觉。”

“怎么还有女人跟着?”对方看清了那几个人,疑问顿生。“我们抓住了英军要塞司令的女儿,现在正要送到蒙卡姆将军那儿去。这可是将军请来的客人,你要尊重她们,不可当一般的俘虏对待。”

“哦,对不起,小姐。放心吧,法国将军的士兵都是很好的人,对女士很有礼貌。”

“没关系,这是战争中免不了的事。”科拉也用法语冷静地说。她的回答彬彬有礼,更让那法军哨兵消除了怀疑。只见他持枪挺立,站着目送一队人向自己的营垒走去。一会儿,那法军哨兵还轻轻地哼起歌来:“法兰西万岁,美酒万岁,爱情万岁!”

可惜那喜欢浪漫的法军哨兵并没有把一首歌唱完,很快就被一只手捂住嘴,腰间也被刺进了一把短刀。

莫希干酋长钦加哥手脚麻利地杀死了法军哨兵,又飞快地割下了他的头皮。

看到钦加哥拎着一张还冒着热气的头皮赶上来，海沃德先是吃了一惊，然后又鄙夷地向邦波抱怨他的印第安朋友太残忍。

邦波却一下打断他说："你也别怪他们残忍，杀人虽说也是印第安人的习惯，但现在我们显然已经走到敌人眼皮底下了，少一个哨兵也少一分危险。现在已不能后悔，我们也退不回去。眼看月亮西沉，天很快就会亮了，那时我们全都暴露在敌人的枪口下，自己的头皮也难免被割掉。"

海沃德见他说得有理，便不再争论，只是跟他商量对策。邦波分析说，眼下只有两个办法可供选择，要么是突然进攻，凭着莫希干战士的英勇和军人的机智杀出一条血路，冲进被围困的亨利堡去。要么则是先悄悄离开这里，躲到法国军队的防线之外，重新回到森林里暂时藏起来，等法国兵撤走后再下山。海沃德为姐妹俩着想，选择了第二个方案。于是，一行人又悄悄地原路返回去。到天亮时，科拉和艾丽斯姐妹惊奇地发现，自己又站到了那个可怕的"血池"边上。

但邦波不让大家停下，又催促着继续向山上爬去。海沃德问他要到哪里去，邦波也不回答，只管带了众人走。一会儿到了一个山冈上，海沃德才不能不佩服这位临时指挥官的经验。

他们所处的山冈，在这一带山脉群峰间算是一个制高点。登上这个制高点，眼界便一下开阔起来，山脚下的霍里肯湖历历在目。从山冈越过一片森林再经过一片开阔地，到达湖的西边，隐隐约约已可看见扎有营帐的亨利堡要塞，要塞长长的土筑壁垒和低矮的建筑以及堡外的堑壕也可以看到。出森林到要塞之间，则可见到更多的密密麻麻的营帐。此时那些营帐之间已经升起无数股黑灰色的烟雾。邦波和海沃德很容易就判断出，那正是法国军队早起的炊烟。

不等他们做出进一步的判断，山脚下已经响起了隆隆的炮声。

"咦，这么早，法国佬就开始进攻了？"侦察员邦波偏着头注意地听着炮声，一会儿便肯定地说："是这样的，他们想打孟罗司令一个措手

不及。”

在一旁早已焦急不安的科拉听他说起自己的父亲，便拉起海沃德的手说：“怎么办，亲爱的邓肯，我们要去帮帮父亲。”又对邦波说，“让我们去见蒙卡姆吧，我听说那个法国将军也是个侯爵，贵族和绅士是不会拒绝一个女儿与父亲死在一起的请求的。”

邦波立即伸手制止了她的幼稚想法。邦波说：“这山脚下不仅有法国士兵，还有很多印第安休伦战士，没有等你走出林子，他们早已割下了你的头皮。”

邦波最后说，还是由海沃德带着大家在林子里藏身，由他独自一人下山去摸摸情况。但这个决定却遭到海沃德和科拉的反对，他们主张大家一起先下山，悄悄接近法国人的包围线，到时邦波再冲过去侦察，回来也不至于很久找不到人。

邦波没有立即表态，却凝神往山下看了看，又环视了一遍四周的山林，便挥挥手说：“我同意你们的提议，现在雾已经升起来，很快还会越来越浓，正好为我们提供掩护。事不宜迟，那就快走。”说罢，便带着一行人很快穿过林子，来到了更加接近亨利堡要塞的平地上的森林里。

当他们正要走出林子的时候，头上突然传来一声呼啸，一颗炮弹穿过树梢落下来，击中一棵树的树干，又掉在地上。众人都吓了一跳，害怕还有第二颗第三颗炮弹打来，都相互拉着飞快地跑出林子。

“干什么的？”前方突然又响起了吆喝。海沃德和科拉都听清了，问话仍然用的是法语，并且不只是一个人的声音，怕是有十来个。

意外的重逢

孟罗司令在炮声和枪弹中找到了自己的女儿，却很快陷入了更深的苦恼。他向海沃德少校托付女儿的婚姻，两人的想法却出现了差异。科拉和艾丽斯姐妹的身世之谜令年轻的军人感动不已。等待援兵的计划再次受挫，侦察员邦波也被蒙卡姆擒获。

由英军少校海沃德和侦察员邦波带领的一行人，躲过突然而至的炮弹，趁雾走出森林，意外地又与法国士兵遭遇上。海沃德顾不上抱怨一声倒霉，便本能地用法语回答道："是我。"

"混蛋，你是谁？快回答！"

"我是法国人的朋友。"海沃德一时找不出更好的话来骗对方，只能顺口回答，却更加引起了对方的怀疑。

"撒谎！我看是法国人的敌人吧。站住，要不我开枪了！准备射击，兄弟们，打！"

随着一声令下，浓雾里立即响起十多支枪同时射击的声音。幸亏有浓雾，那些枪弹毫无准星，只是在英国人和莫希干人身边"嗖嗖"飞过。

"快跑！"邦波和海沃德同时喊一声，拉起两姐妹飞快地躲过枪弹。跑出一段路，"鹰眼"邦波却猛地停下，对海沃德说："返回去，我们也一齐向他们开火，打得更猛一些，让他们以为遇到了突袭，敌人才会停止追击。"

"好！"海沃德来不及多想，立即同意了邦波的主意。随即一声令

下:“打!”包括莫希干父子和圣歌教师在内的所有男人都开了枪。

但这样的还击并没有吓唬住敌人。法国军队人多势众,遇到还击更加打得起劲,一会儿,整个湖边平地都“砰砰嘭嘭”地响起了法国人的枪声。远处的林子里也响起枪来,那是参加作战的休伦人的回应。

邦波听到四周的枪响,却越打越兴奋,一边还击一边对海沃德说:“这样才好呢,让他们的人和枪都往这边来,我们就可以期待孟罗司令打出来接应了。”

话虽这么说,邦波却没有打算与敌人硬拼,而是边打边退。到了一处垄沟,邦波向海沃德使了个眼色,便突然收起手中的枪,拉了两姐妹顺着垄沟猛跑起来。

头上的枪声稀疏了好多,远处却又响起了炮声。与炮声混合着传过来的还有分辨不出是哪国语言的叫喊声和咒骂声。

“鹰眼”邦波听着那些乱七八糟的声音,却突然停下来,转身喊道:“别再跑了,钻进林子就是往休伦人的刀口上撞啊。大家都不要慌,仔细听听,对了,那边是我们的炮声,英国军队冲出堡垒杀过来了!”

接着便听见一阵紧似一阵的脚步声由远而近,大雾中也渐渐显出了军人的身影。一个苍劲有力的声音在指挥着追击的士兵们:“打啊,看清敌人的脑袋打!把敌人都赶下沟去!”

“爸爸,爸爸!”顶着浓雾躲在一棵大树后的艾丽斯突然喊起来:“爸爸,快来救救你的女儿啊!”与此同时,科拉也不顾一切地大声喊叫出来。

“停止,别开枪!”先前指挥着士兵追击敌人的声音立即又发出了新的命令。紧接着便看见一个头发花白的军人从浓雾中冲出来,一边跑一边叫着女儿的名字:“艾丽斯,科拉,你们在哪儿!”

“感谢上帝,果然是我们的军队,我们的孟罗司令!”海沃德松下一口气,用枪杵着地颓然地一屁股坐下来。

孟罗父女在要塞外的枪炮声中意外地重逢以后,亨利堡守军打出一面白旗要求休战几天。

围困要塞的法军司令蒙卡姆将军慷慨地应允了英军的要求,也让处于前线的法军炮兵阵地挂出了白旗。

双方军队都停止了军事行动,霍里肯湖恢复了往日的宁静。一些法军士兵放心大胆地在湖里划船捕鱼洗澡,湖边景象立刻变得恬静安宁而又生机勃勃起来。

与此同时,英国守军司令孟罗却陷入了难以排解的烦恼之中。在与两个女儿欢乐地交谈过几次后,他又不得不面对着眼前的难题了。

前次他向爱德华堡英军大本营韦布将军要求增援,韦布将军虽然派出了援兵,却一点也没能解他的围。在受到法军的正面阻击后,那些援兵很快就退回了爱德华堡,接着一连几天再没有任何消息。而法国军队的围攻却一天比一天猛烈,蒙卡姆将军还数次派人来亨利堡敦促他率军投降。现在两个女儿突然出现在自己面前,虽然一时也缓解了一些思念之苦,却更增加了他的忧虑。他担心要塞一旦失守,两个女儿也会被敌人掳去,那时自己就算再有心也无力保护心爱的女儿们了。

利用暂时休战的时机,孟罗司令秘密地派出了侦察员邦波潜回爱德华堡去,让他再向韦布将军说明亨利堡的战况和守军的艰难处境,要求他再派兵增援。邦波走后,他又多次与海沃德少校一起,爬上要塞堡垒的制高点,观察敌军的布阵和周围的地形,试图找到敌人的一点空子带队突围。但法国军队布阵非常严密,他们几次都徒劳而归。

当然,出于为人之父的本能,孟罗对于怎样才能最好地保护自己的两个女儿也想了很多。从科拉和艾丽斯讲述的那几天森林里遭遇的情形来看,自己的这位警卫队长的确表现了很值得称道的忠诚和才干。尤其是科拉对他更有一种成熟少女才有的关注,虽然她的关注常常是以一种讽刺话语表现出来的。不过,作为已经上了年纪的父亲,想找一个年轻的勇士托付爱女,应该是很自然的。因为战况不利,一旦打起最后一仗,自己作为守军统帅可能就顾不了自己女儿太多。想到这里,他便令人去把海沃德少校叫了来。

出于对部下的了解和欣赏，孟罗开门见山地向他讲到了眼前两军对垒的形势。"你也看见了，少校，我们的处境不妙。蒙卡姆的军队有士兵上万，我们只有三千，爱德华堡的援军也迟迟不来，我想就算韦布将军把增援部队派来了，也不一定能解围。蒙卡姆不会让我们一直休战下去的，一旦重新开战，亨利堡要塞很可能就守不住。那时，我最担心的，你知道是什么吗，年轻人？"

"是您那两个可爱的女儿，司令，我了解您，也了解您的女儿。"海沃德平静地回答。

"那么，"孟罗顿一下，继续说，"我现在希望你能答应我一件事。"

"我明白了，司令先生。我想不揣冒昧地说，我最大的愿望就是能够成为您的女婿。"

"啊，我的孩子，你的话非常清楚。这很好，我的女儿也多次向我说起你，她很钦佩你的为人。我的女儿虽然是个言行谨慎的姑娘，但她头脑清醒，品格高尚，独立性强，就是父亲对她的监护，她也常说那是不需要的。"

"等等，先生，您说是，科拉？"

"是呀，科拉，我们不是在谈论你对她的要求吗，少校？"

"不，我，我没有提到她的名字，您还有一位同样可爱的女儿。"

"艾丽斯？"做父亲的喊了起来，十分惊讶的样子。

好一会儿，孟罗都是一副痛苦难言的神情。海沃德则难堪地站着一动不动。在森林的几天，他保护着姐妹俩一起与敌人作战，对于她们已经再熟悉不过。科拉聪明机智又大胆顽强，曾经令他由衷感佩。但艾丽斯的天真幼稚和柔弱娇小，更激起自己爱护的本能。在内心深处，他认为自己是更爱妹妹小艾丽斯的。可是现在，孟罗司令与他的想法竟然完全两样，无论如何自己都会辜负这个不幸的父亲了。

屋里一下沉寂下来，很久，两人都不再说话。最后还是孟罗开了口："年轻人，你对你未来的岳父还是一无所知啊，你愿意听我讲讲科拉和艾丽斯的母亲吗？"在得到海沃德肯定的回答后，孟罗便以一种沉稳的语气讲起来。

孟罗出身于苏格兰一个古老的世家，但到他出生时家道已经衰落了。青年时的孟罗私下与一个豪绅的女儿订了婚，却因家贫而遭到她父亲的反对，孟罗不得不解除了与那姑娘的婚约。后来孟罗投身军界离开故乡，被派往海外，在加勒比地区与当地一个西班牙血统的姑娘结婚并生下了一个女儿，就是科拉。但不久，科拉的母亲不幸去世，孟罗便带着女儿回到了苏格兰老家，那时他身为殖民地军官已经很富有了。

然而，回到故乡才知道，与他解除了婚约的那位姑娘，竟违反父命苦苦等了他20年。感动和自责促使他迅速做出决定，娶了那姑娘为妻。孟罗的第二任妻子就是艾丽斯的母亲，她在生下艾丽斯后不久也去世了。两个同父异母的女儿从此成了孟罗的命根子，直到他再次受派遣来到北美大陆与法国人作战，他的心一直牵挂着两个女儿，尤其是艾丽斯。他认为自己欠了她母亲太多的情。也因此，他一直认定只有自己才最能保护她，给她别的任何人都不可能给予的爱。

听了老人带着无限伤感之情的讲述后，海沃德好久没有说话，却在心里立刻打消了再向孟罗要求娶艾丽斯为妻的念头，他想那无异于夺去老人唯一的爱。直到看见老人挥挥手，要他离开之时，海沃德才又鼓足勇气对老人说，请他放心，自己一定会尽力保护他的女儿，不论是科拉还是艾丽斯。

海沃德刚走到军营门口，却意外地看见一队士兵押着一个被捆绑着的军人走过来。士兵并不都是英国军人，还有几个人穿着法国人的军服。领头的一个法军士兵照例举着一面小白旗，说明他是来执行礼节性交往任务的军人，具有享受无损军威待遇的特别豁免权。让海沃德尤感意外的，是被捆绑着的那个人，他当然也是个军人，而且是个军官。海沃德一看见他的眼睛，便忍不住要冲上去帮他的忙。那人不是别人，正是与他一起在森林里战斗过几天的侦察员“鹰眼”邦波。

海沃德的冲动被自己一方的士兵坚决制止之后，他并不甘心，一直跟着他们又走进孟罗司令的房间。孟罗看看海沃德，又看看邦波，立即明白了眼前的事。他礼貌地让人送走那一队法国士兵后，才走过来为邦波松了绑，一边则向海沃德说："看来，搬来救兵的最后希望也破灭了，天意如此，连我们勇敢的鹰眼也无能为力了。"

"鹰眼"邦波的脸上并没有一般的俘虏那样的狼狈神情，甚至也不像孟罗司令说话时那般沮丧。他向孟罗和海沃德报告说，他已经潜回到爱德华堡与韦布将军见了面。韦布将军并没有回绝再派援兵的要求，他写了封回信，怎样派兵增援，派多少部队都写在那封信里。可惜就在返回亨利堡途中，邦波却中了敌人的埋伏，韦布将军的回信也被缴去送到了法军将领蒙卡姆手上。信上具体说了些什么，邦波也不清楚。只是，蒙卡姆在看过信后却格外优待了邦波，又让手下把他当战俘送了回来。同时送来的还有蒙卡姆亲笔写的一封信，收信人自然是亨利堡要塞的英军司令孟罗。

屈辱的投降

孟罗司令与蒙卡姆将军谈判英军投降的条件，混乱中却已无力保护自己的女儿。海沃德与科拉姐妹在撤退途中走散。屈辱的投降队伍遭遇惨无人道的抢劫杀戮。两个花季少女再次落入休伦人酋长之手，跟随她们的只有除了唱歌别无所长的圣歌教师。

孟罗司令拿到的蒙卡姆的亲笔信是一封劝降书。但蒙卡姆使用的措辞却通篇没有“投降”两个字，相反，字里行间却充满了对孟罗和英国军人的尊敬。但就在那些充满客套的话语之间，孟罗和海沃德都读出了法国将军那坚定不移的决心，感受到了以强大的武力为后盾施加的压力。蒙卡姆客气地提出要与孟罗当面会晤，“讨论一下当前的形势和两军的友谊”。

拒绝会晤是不礼貌的，但在眼前的形势下，孟罗显然没有支撑自己毅然说“不”的实力，那样参加会晤就难免受屈辱。孟罗最后决定派海沃德少校代表他到法国人的军营去与蒙卡姆会晤。

“重要的是，要设法看看那封信。只要还存在救援的希望，我们就可以坚守下去，不会损害了皇家军队的尊严。”孟罗这样嘱咐海沃德。

当天午后，海沃德在法军司令的大营帐里见到了蒙卡姆。使他意外的是，在蒙卡姆的营帐里，他还看见了从钦加哥的短刀下逃走的休伦人酋长麦格瓦。此时的“刁狐狸”不仅成了蒙卡姆将军的座上客，而且还受邀参加了法军统帅与英军代表的会晤。与麦格瓦站在一起的，还有属于法军阵营的多位印第安土著部落的酋长。

当蒙卡姆知道海沃德只是代表孟罗司令前来进行礼节性会晤，并没有获得授权谈判投降时，便对会晤失去了兴趣。蒙卡姆只是客气地与海沃德见见面，便提出送客，同时要他向孟罗司令带去口信，希望由双方统帅会晤商谈，内容仍然是英军交出亨利堡要塞的条件。至于从邦波身上缴获的韦布将军的信，蒙卡姆甚至没有提到一次。海沃德只能失望而归。

“行了，只好由我放下老脸去见那位法国将军了。”孟罗司令听了海沃德的汇报，摇摇头无奈地说：“至少应该从他那里知道，我们那位韦布将军的真正意图。”

孟罗司令随后即派出士兵向法军大本营送了信，要求立即与蒙卡姆会晤。在得到肯定答复后，便下令海沃德集合军乐队和一小支卫队，随自己走出营帐向法军营地方向走去。

两支交战军队选择的会晤地点，是在两军前沿阵地之间，距离相等的一片开阔地上。双方司令都作了充分准备。孟罗司令着装整洁，气宇轩昂，银白的头发显出久经沙场的老练。蒙卡姆将军则更加讲究一些，军帽上特意插上了一片白色羽毛，显示他具有法兰西贵族身份。

双方队伍在白旗的引导下互相走拢，相距不远时，都击鼓致礼。两军统帅又互相行了军礼算是打了招呼。因为蒙卡姆军阶较高，是法国将军，而孟罗只是英军上校，并且因为法军兵力占优势，显然握有战场主动权，蒙卡姆便毫不客气地先开口说话。他说的是法语，海沃德少校便充当了两人的翻译。

开始谈话时，孟罗上校一直保持了自己的尊严，始终不答应交出要塞退出战斗。但他没想到蒙卡姆更加耐心，并且准确地猜到了他的心思，在对双方的实力做了比较后，又拿出了那封从侦察员邦波身上缴获的信。

孟罗和海沃德看过那封信，很快就明白自己手里已经没有了再下赌注的筹码。那封由韦布将军亲笔签名的信里说得非常清楚，爱德华堡不能派出援兵，要他们自己设法坚守。

“他出卖了我!”孟罗上校痛苦地喊了出来。

“好了,先生们,你们要守住这座要塞已经是不可能的了。”蒙卡姆最后说,“和平的大门已经打开,而你们两位,以及贵军勇敢的战士也会受到应有的尊重。”

“我们的军旗呢?”海沃德问。

“你们可以带回英国,给你们的国王看看。”

“我们的武器呢?”

“由贵军留着,除了弹药,你们的枪用不着缴械。贵军撤离要塞的方式,法军也会尊重贵军的荣誉。”

孟罗听后感到非常惊奇。蒙卡姆将军对他和英军这种异乎寻常的宽宏大量,使老军人深为感动。他不再坚持最初的想法了。最后则对海沃德下令,要他跟着法国将军去他们的营帐签署投降协定。

尽管根据蒙卡姆将军提出的优待条件,由孟罗上校统帅的英军驻威廉·亨利堡部队可以体面地撤出要塞退出战争,从而避免了双方的人员伤亡,但英国守军驻地仍然很快被一种悲伤阴沉的气氛笼罩着。毕竟是战败和投降,从司令到士兵,英国人在谈判结束之后,再也没有一个笑脸。整整一个晚上,英军要塞里都是一派死气沉沉。而相距不远的法军阵地上则充满了胜利的欢歌。

第二天一早,法国军营里首先响起了一通鼓声。接着,军乐声也响彻了整个山谷。胜利者的军号吹得欢快、有力,连最懒散的士兵也提前站到了自己的岗位上。

与此同时,英军的横笛也吹起尖声的信号。但在孟罗司令和他的疲惫不堪的士兵们听来,却仿佛只是一曲挽歌。

当第一批精神振奋、趾高气扬的法军士兵整队走近亨利堡要塞,吹起约定接管的信号不久,英国军队也列队走了出来。两支军队尽管已经不再剑拔弩张互相敌对,却又都保持了高度的戒备。英军士兵表面上也遵守着军人的礼仪,但投降的屈辱仍然深深地刺伤了年轻人的心,在法国军人的注视下,他们走得无精打采,队伍也显得有些慌张凌乱。

跟在军人们后面走出来的妇女和孩子们，更显得慌乱畏惧，不断地东奔西跑，前后招呼着自己的亲人。有的低头收拾着似乎永远也收拾不好的仅剩的财物，还有的则在队伍里四处张望，希望寻找到可以为她们提供保护的人。

孟罗上校也走到了自己的士兵中间。行进之中，他紧咬着牙关，始终默默无语。他尽量掩藏着心头的沮丧，在士兵们注视他时，照样昂起头，保持着军人的风采。这也多少给了他的士兵们一点信心，相信自己的司令为他们做了一次正确的选择。

海沃德现在是这支英国军队中最忙碌的人。根据孟罗上校的命令，他既要负责安排部队行动的事宜，也要负责充当临时外交官办理与法军的交接，协调两军的关系。此外，看到自己的司令险些被突如其来的打击击倒，他还主动问起了孟罗两个女儿的安排。孟罗感动地对他说："现在我只是一个投了降的普通军人了，已没有能力保护原本属于自己的士兵，更无法保护自己的女儿了，我只能把她们托付给你，年轻的少校，拜托了。"

受到司令的嘱托，海沃德赶忙跑回要塞找到了科拉和艾丽斯，对她们说："按照国家间战争的惯例，即使是投降的军队，他们的指挥官也必须与自己的部队在一起，你们的父亲和我都要负责带领部队，保持军队的纪律。在这种情况下，我只能提醒你们，尽可能与我们的队伍走在一起。走，现在就跟我走，紧紧地跟上队伍！千万不要走散了，因为谁也说不准那些法国人会不会严格遵守两军签署的条款。况且在法国人的阵营里，还有那么多印第安休伦人，他们有的是吃过我们的苦头的。"

艾丽斯听他说后，想起在森林里遭受的磨难，害怕地把姐姐的手拉紧。科拉却仍是一脸坚强，对海沃德说："你尽管去指挥你的部队吧，我们已经幸运地找到了一位保护人。看，那就是，他走过来了。"

海沃德顺她的手看过去，却是圣歌教师大卫·加穆。大卫此时手

里仍拿着他那本教人唱歌的宗教圣诗集。

海沃德看到大卫后，心里的忧虑并没有减少一分，但也只好让这位圣教徒暂时充当一下两姐妹的保护人了。他对大卫说:“你一定要守着这两位姑娘，不许任何人对她们有粗暴的举动，也不能容许任何人当着她们的面对孟罗司令进行侮辱和嘲笑。如果有敌方的士兵对她们进行骚扰，你可以拿两军签署的投降和保护条款吓唬那些人，还可以向蒙卡姆将军报告，要求惩处，知道了吗?”

“行，”圣歌教师自信地说，“我还可以用这本小书教训他们，我相信他们也是基督徒，任何粗暴的言行都会被圣歌的节拍所镇住的。”

看到大卫·加穆仍是一副天真圣洁的神情，海沃德无奈地摇摇头，又转而对两姐妹说:“你们小心一些吧，待部队走过赫德森河驻扎下来，我一定会回来与你们会合。”说罢立即跑着追赶队伍去了。

撤出要塞的英国军队及其家属们所期待的尊严，很快就化为乌有了。刚开始走过法国军队监视区时，英国人还保持了很好的队形。法国军人荷枪实弹，笔挺地站着，默默地注视着战败者离去。双方都遵守了约定的军事礼节，并没有一个法军士兵向敌人发出侮辱的嘲笑。但当英国人通过湖边平地，走进森林后，森林边缘聚集着的印第安战士便不断地向他们发出挑衅。由海沃德少校带领的前卫部队走过一道森林隘口，后面就不断有骚乱发生。有一个土著士兵抢夺了妇女们的财物后，跑出队伍要开小差，却遭到其他印第安士兵的阻拦，双方很快又互相争夺起来。

一起小小的骚乱很快引来数不清的土著士兵的围观和哄闹，有的则趁乱发起了新的抢劫。抢不到时，便挥动战斧任意砍杀，空气中立即弥漫开一股股血腥气。

科拉和艾丽斯紧紧地跟着圣歌教师走在队伍中间。她们带的东西并不多，开始也没有引起印第安人的注意。但当她们从一队休伦族土著士兵面前走过时，科拉却一眼看见了那个与她们打过交道，并使她们吃了很多苦头的休伦人酋长，她的心一下就紧了起来。

糟糕的是,“刁狐狸”麦格瓦也在那时看见了她们,还向科拉投来嘲弄的目光。科拉厌恶地扭过头去,尽量以自己的身体遮住艾丽斯,以免胆小的妹妹看到麦格瓦凶狠的样子会更加害怕。

正在这时,麦格瓦突然把手放到嘴边,吹起了一声响亮的呼哨。散布在四周的休伦人听到这一熟悉的暗号,立即一跃而起,就像一群饥饿的猎犬开始追逐自己的猎物。休伦人呐喊着从林子里冲出来,顷刻之间便扑向了行进着的队伍。

投降的英国军人手里只有卸掉了子弹的空枪,无法有效反抗,只能收缩成密集的队形,以徒具形式的战斗阵势,吓阻土著士兵的袭击。这种做法似乎也取得了一些效果,那些休伦人在怒气冲冲地抢夺下几支空枪后,见并不能捞到更多的油水,便放过了他们,却把注意力转向了手无寸铁的妇女们,抢夺她们手上的包裹和身上的饰物。

科拉和艾丽斯看到这样的场面,都手足无措。艾丽斯更被吓得目瞪口呆,很久站着不能动一下。周围的女人们不停地发出尖叫,又挤成一团,根本无法向前行走。科拉和艾丽斯被人们推拥着几次跌倒在地,爬起来后也分辨不清方向,只能跟着胡乱躲闪的人们潮水般涌来涌去。幸亏圣歌教师始终紧跟着她们,不时伸出援手把她们从跌倒之处拉起来,又努力使她们与队伍保持一致,以免因落单而被那些陷入疯狂的休伦人欺辱。

在一片尖叫、呻吟、哀求和咒骂声中,艾丽斯突然看到了父亲的身影正飞快地跑出林子,越过一片平地向法军的方向奔去。急切中,艾丽斯拼命地喊出来:“爸爸,爸爸,我们在这儿啊! 快来救我们呀,你的女儿就要被杀死啦!”

但老孟罗似乎根本没有听见她的叫喊,仍然不顾一切地向前跑去。事实上他已经顾不得寻找和照顾自己的女儿了,他此时正是要赶到法军大本营去,向蒙卡姆将军提出抗议,要求他履行承诺,保证英国人安全撤退。几个法国士兵见这位老军人怒气冲冲地奔跑着,端了枪上前阻拦,都被他有力的手推开。跟在法国兵后面的印第安战士,看

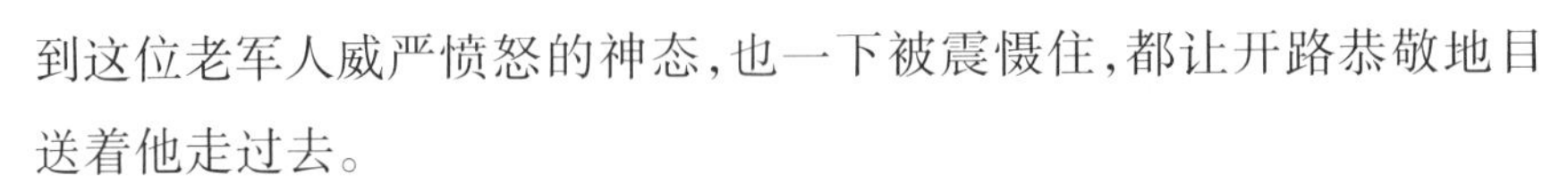

到这位老军人威严愤怒的神态，也一下被震慑住，都让开路恭敬地目送着他走过去。

艾丽斯失望地看着父亲走远，心头一急，顿时失去知觉昏倒在地。科拉慌忙抱住她，拼命喊着妹妹的名字，直到她重又睁开眼睛，才松了一口气。

圣歌教师大卫·加穆虽然对眼前的一切无能为力，但也没有忘了自己的责任，便安慰艾丽斯说："不要怕，我们自己走自己的路，魔鬼的狂欢总会结束的。过去的圣人能用圣歌制服恶魔，我们也不妨试试音乐的力量。"

大卫说完便放开嗓子唱起一首圣歌来，竟然高亢嘹亮，在屠场上一片喧嚣声中，一下吸引了无数人转向他。几个正在抢劫的休伦战士听到歌声，先是惊奇，继而赞赏，接着又以别样的目光向这位无所畏惧的年轻人表示钦佩，纷纷从他和姐妹俩身边走开，转而扑向其他倒霉的人。

大卫绝没有想到，自己的歌声也会为他和孟罗姐妹招来麻烦。休伦人酋长麦格瓦听到他的歌声便找了过来。看到过去的俘虏重新落入自己的手中，麦格瓦不禁高兴得叫喊起来。

"走吧，休伦人酋长家里的门正开着哩！"他一把拉住科拉的衣服，说："那儿可以使你们姐妹俩都获得安全的保护。"

"走开，这场流血惨案都是从你一声哨响开始的！"科拉愤怒地喝道，又举起一只手挡住眼睛，表示不愿看到麦格瓦那令人作呕的脸。

"哼，麦格瓦是个伟大的酋长！"休伦人酋长并不在意科拉的谴责，脚步更加靠近两姐妹，恶狠狠地说，"有什么话就到我的部落去说吧！"

麦格瓦说完，突然抱起艾丽斯转身往森林里奔去，任科拉在身后紧紧追赶、咒骂，却毫不理睬。艾丽斯被那野蛮的举动吓得再次昏了过去。科拉只得跟着他跑进林子。

大卫·加穆见自己发誓要保护的两姐妹都被休伦人酋长裹挟而去，也紧跟着追去，同时又高声唱起圣歌来。

麦格瓦抱着艾丽斯一阵狂奔，把自己的战士和法国军队都抛到了脑后，很快通过一条深谷进入密林深处。在那里，他把艾丽斯放下地，再次把手指伸进嘴边吹了一个呼哨，很快就见一个休伦战士牵着两匹马走来。科拉跑来，惊奇地发现那正是她和艾丽斯原先骑的两匹马，那天早晨遭遇敌人时放掉的，没想到却被这个休伦人酋长捉了去。

麦格瓦等科拉和那圣歌教师走来，一改先前狰狞可怕的模样，脸色平静地把艾丽斯放到马背上，自己牵了往前走。又让那土著士兵把另一匹马的缰绳递给了科拉。

眼看已身处密林深处，且暂时远离了仍在杀戮的混乱战场，科拉别无选择，便也骑上马随麦格瓦走上林中一条崎岖的小道。

大卫·加穆也徒步跟随着他们一路走去。

下部　决战大森林

大湖的追踪

为寻找两姐妹的踪迹，年老的孟罗上校变成了侦察员邦波的部下。莫希干酋长和海沃德少校当仁不让地参与新的救援。千里追踪第一站便在湖上遭遇了袭击。森林战士的机智勇敢初显神奇。霍里肯大湖的晨间美景伴着的将是一个什么样的梦？

在亨利堡要塞发生的那场充满血腥的抢劫杀戮平息下来，英军投降部队撤到自己一方的防线安顿下来之后，孟罗上校终于可以回过头来寻找失踪的女儿了。海沃德少校让侦察员邦波帮助老人寻找，邦波毫无异议地答应了。他对海沃德说："那两个可爱的少女原本就是由我们保护的，现在却失去了踪影，那不仅是我这个侦察员的耻辱，也是莫希干朋友的耻辱。森林居民宁可失去自己的生命，也不愿让自己的保护对象受到伤害。大蟒蛇和快腿鹿会很乐意重返森林的。"

那天傍晚，由邦波带领的小分队重新回到了威廉·亨利堡。

然而，使孟罗上校惊讶的是，就在几天前还由他的部队驻守的要塞，此时已成了一片废墟。以前的营房不仅被洗劫一空，还被火烧得顶盖全无，只剩下一些残垣断壁。老军人痛苦得很久说不出一句话来，颓丧地坐在地上。海沃德也无法安慰他，便把他安顿在一个还算干净的墙角休息，自己与那三个森林居民顺着那天撤离的路线，逐个翻找那些散乱的女尸，幸而并没有发现科拉和艾丽斯遭难。

到了森林边缘，年轻的莫希干人突然发出一声叫喊："嗬！"几个人都随他向一棵不大的树奔去。不一会儿，便见恩卡斯从树枝上拉下来一片绿色的纱巾。海沃德很快认出那就是科拉的面纱，现在已经被撕碎了。

"再找找，机灵的恩卡斯！"邦波兴奋地说，"这里既然没有尸体，说明两姐妹还活着，还会留下她们的痕迹。"

果然，恩卡斯很快又从不远处的一棵山毛榉树的丫枝上，找到了那块纱巾的另一部分。邦波和海沃德根据两处发现地，确定了科拉可能走的方向，便叫大家散开继续寻找。不久，莫希干酋长钦加哥也发现了线索，忙叫他们都过来看。

"这些明显是男人的脚印。"海沃德俯身仔细察看后说。

"并且是印第安人的脚印，穿的鹿皮鞋。"邦波更加肯定地说，"有男人与科拉她们在一起，她们一定是被掳去了。恩卡斯，你看看，这脚印你认不认识？"

恩卡斯已经仔细看了好久，这时便抬起头来肯定地说："是刁狐狸！"

"对，是他！"邦波也赞许地说，"你没有看走眼，恩卡斯。这正是我们在瀑布和森林里追踪他时看到过的脚印。这家伙一有机会就喝酒，酒鬼的本领就是叉开腿走路，并且这脚印的大小也跟那家伙一致。不过，还有一个休伦人的脚印却不知是谁。"

"还有这里！"又是恩卡斯发出叫喊，随后便把从一蓬刺丛上摘下来的东西拿过来给大家看。原来是圣歌教师的校音笛。

"好了，他们都走在一起的。"邦波分析说，"虽然这里没有发现艾丽斯的踪迹，但也可以断定，那位喜欢唱歌的白人总是跟着姐妹俩走的。这倒是好现象，连他都没被休伦人杀死，两姐妹当然会更安全些。"

"是这样，我们一定能找到她们。"海沃德也同意他的看法。

他们回到废墟向孟罗报告，老军人又激动起来，连连向恩卡斯表

示感谢,并要求立即沿那方向去寻找。海沃德也立即就要动身,却被邦波伸手阻止。邦波说:“现在我们是不可能立即找到她们的。那刁狐狸既然把两姐妹连同圣歌教师一同掳去,一定不会待在这附近,很可能是回到他自己的部落去了。那是在大湖对岸很远的森林里,还隔着一条宽阔的圣劳伦斯河。我们将要进行的行军并不只是今天一个夜晚,而是要风餐露宿许多个昼夜,通过一大片人迹罕至的荒野。”

“正因为这样,我们更不能耽误了时间呀!”海沃德仍然是很急切的样子。

邦波仍坚持自己的主张,对海沃德说:“再急也要有充分的准备才行,先休息下来,吃点莫希干朋友带的干熊肉,再睡个好觉,把精力蓄够才能赶路。磨刀不误砍柴工啊。你瞧,就像他们,我的莫希干朋友可比你明智多了。”

两个英国军官看到,钦加哥和恩卡斯抱来很多干树枝和没有烧尽的木门框架起柴堆,已经点燃了篝火。莫希干父子似乎对邦波与海沃德的争论毫无兴趣,若无其事地做着自己的事。海沃德于是也不再争论,凑到火堆前,与莫希干人一起烤熊肉吃。

第二天天还没亮,侦察员邦波就把睡着的人叫醒了。他的声音和动作都很轻。“我们从那条壕沟走,注意,脚要踩在石头和碎木头上,尽量不要留下痕迹,别让那些喜欢割头皮的休伦人看到脚印跟上来。”

到了霍里肯湖边,众人看见恩卡斯已经从不知什么地方划了一只小船过来。那是印第安人常用的以桦树皮做的船,既结实又不易渗水,刚够乘载五个人。

等到桦皮船靠岸,邦波即拿来一块木板,把一头搁在一处断掉的湖堤上,一头搁在小船上。等大家都上了船,邦波又拿起一把树枝把岸边弄成乱七八糟的样子,然后才跳上小船。在他身后看不出一点人走过的痕迹。“我们前后都有敌人,这趟旅途少不了危险,所以必须加倍小心。”他这样解释着。两个英国军官都认同地点点头,不再发出声音。

邦波和莫希干父子操桨划船，沿大湖西岸向北边划去，这样走了几英里后，天色才近破晓。这时他们的小船划进了一处湖峡，小船就在无数的小岛间穿行。湖面很安谧，小岛上长着一片片灌木林。湖峡开阔些时，两旁则可见一些光秃的岩石和茂密的树林。

海沃德正观赏着湖中景色，却见莫希干酋长钦加哥突然打了个手势，又轻轻拍打着船舷，几支桨都一齐停下来。恩卡斯轻轻叫了一声，向侦察员邦波通报出现了情况。

只见前方几百英尺远的地方，出现了一座树木茂密的小岛。初看上去也十分平静寂寥，就像从未有人来过一样。邦波示意大家小心别出声，同时与钦加哥轻轻划着桨，让小船缓缓前行。一会儿大家便看到那小岛上升起一团雾气。“那是篝火快燃尽时的轻烟。”邦波肯定地说。

海沃德却不屑一顾地说：“不过就这么个小岛，就算是敌人在上面也埋伏不下几个人。还是加快速度赶路吧，若遭遇上了我们也打得赢的。”

“不，”邦波轻声反驳道，“我们已经处在敌人的势力范围，万一湖峡中还有法国人或印第安人，我们就会在峭岩石壁间受到夹击。”

正说着，一声枪响清脆地传过来，子弹划破平静的湖水，小岛上也发出一片尖叫。接着便见几个印第安人跳进一只小船摇摇晃晃地朝他们追过来。

邦波立即把舵转向西边，又让两个莫希干人加快划桨速度。到了又一个小岛边，邦波却又让莫希干父子把船速放缓。他自己则放下舵柄，摸起放在身边的长枪，借着小岛的遮掩，伏下身子向追赶的敌人瞄准。在敌船接近到能看清对方的光头时，邦波一声枪响，准确地撂倒一个敌人。后面立即传来一阵惊叫：

“长枪！”“大蟒蛇！”“快腿鹿！”“长枪……”随之而起的则是连续几声枪响。

“又是那些休伦人，只不过他们的枪没一个够准星，只是白费子弹!”邦波轻蔑地说着,放下枪,操起桨与莫希干父子一起奋力划起来。

其后一路上便平静下来,过了中午,他们的小船已经划过大半个湖面。

却不料,到了下午,在划过又一个小岛时,他们遭到了另一条藏在岛后的小船的伏击,莫希干酋长钦加哥的肩膀还中了一枪,鲜血很快流出来。恩卡斯担心地看着父亲,手里的桨片一下停止了划动。钦加哥瞪他一眼,伸手掬了一把湖水往自己肩膀上抹,把血迹洗去。恩卡斯见父亲的枪伤并不重,才又使劲划起船来。敌人的伏击小船里只有两个人,这时便没有再追赶。邦波指挥着自己的小船很快逃出了敌人枪弹的射程范围。

终于到达一个靠近大湖北岸的不大的港湾时,邦波下令不再往北边划了。“我们不能再走水路了,前方湖面上的印第安人肯定会越来越多。那时我们就难以逃脱了,就在这里上岸,改走陆路。”

邦波边说边举起右手朝前方指去。又对海沃德说:“往远处看,看见了那东西没有?那里有团黑色的东西。”

海沃德认真地观察了一会儿,却说:“如果不考虑它的远近大小,我看倒很像一只鸟。”

“你果然看错了,”邦波以教训的口气纠正他,“那是一只用上好的桦树皮做的小船,而且还在划动,是狡猾凶狠的休伦人在划着。在他们后面,还有更多武装的休伦人,他们捕鱼时也都带着枪。我们不能硬撞上去,把自己的命往那些休伦人的枪口下送。”邦波指挥着两个莫希干人把小船靠了岸。待所有人都登上陆地,他便与莫希干父子用特拉华语商量起事情来。商量完毕,三个人从水中把小船拖上来,扛到肩膀上,向海沃德和老孟罗挥挥手,便朝一片林子走去。

这次,邦波不再掩藏大家的足迹,不一会儿,便带着队伍走到一条小溪旁,越过小溪继续往前走,最后在一块光秃秃的大岩石旁停下来坐下休息。直到所有人的鞋都干得差不多,估摸着刚才的足迹已经看不出了,邦波才又指挥着莫希干父子,把小船藏在一片矮小茂密的树林里。之后则带着队伍小心地原路返回到小溪边，涉水顺小溪走进更深的林子里，借着一些岩石的遮掩把身体藏起来休息。

他们在那林子里一直等到太阳落山，四周的一切都变得模糊不清时，才乘着黑夜掩护，迈开步子再次赶路。

深藏的部落

神秘追踪，侦察员不屈不挠巧判断。蛛丝马迹，恩卡斯特殊本领查线索。池塘边，海沃德几乎受河狸迷惑。森林中，圣教徒险些被枪弹误伤。钦加哥为白人军官化装以便侦察，一场特殊的战斗就此展开。

由英军侦察员邦波带领的这支寻人小分队登陆的地点，位于霍里肯湖西北岸，其陆地界于这大湖的源头和赫德森河、莫霍克河、圣劳伦斯河三条河的源头地区，那是一片崎岖的山地和原始森林。除了猎人和土著之外，很少有人深入这片蛮荒之地的中心区域。

但对于“鹰眼”邦波和两个莫希干人来说，这片土地并不陌生。他们可以毫不困难地在林中穿行，只需凭着头上树林偶尔可见的稀疏空间现出的任何一颗星星，就能准确地辨明通往目的地的方向。因此，他们带着两个英国军官赶路，便与在自己一方的土地上行走一样快捷。这样艰苦跋涉了几个小时后，一行人才又燃起一堆篝火，像往常一样躺下来休整过夜。

第二天他们又趁着晨雾开始赶路，到林子里洒满阳光时，一行人已经走到一条名叫达斯卡隆河的岸边，这里已经进入加拿大印第安人居住区的腹地了。

“我们不能再走了，”邦波停下来，对大伙说，“必须找一找那个休伦人带队走过的路，否则很可能会南辕北辙越走越远，也不能确定该不该过这条河。恩卡斯，愿上帝保佑，你能像那天一样再找到什么线

索吗?”

年轻的莫希干人朝他父亲瞥了一眼,得到允许后,便立即像只小鹿似的飞跃着向前跑去。其他人也四散开来,察看周围的环境。海沃德和老孟罗看看并没有什么特别的迹象,很快走回来坐在岩石上休息。钦加哥和邦波不久也返回来,他们也没有发现什么有价值的线索。但恩卡斯显然没有辜负大家的期望,他奔跑着返回来时,大家都看到他一脸兴奋。

“踪迹找到了,还是年轻的酋长眼力好脑子灵。”邦波待恩卡斯跑拢来,肯定而夸张地称赞道,又一个劲鼓励他快说出自己的发现。

恩卡斯没有立即说话,而是把大家领过去,走到山谷边一片斜坡地,指着地上的两行明显的马蹄印说:“瞧,黑头发姑娘已经往北去了。”

“是真的!我那两个女儿是骑着马走过来的。”这次连老孟罗也肯定地点头称是了。几天来,他这是第一次表现出高兴的心情。

“是的,我们的运气不赖,现在可以放心大胆地往前走啦。”邦波对大家分析说,“那刁狐狸先前把行迹藏得那么干净,不知道是用什么东西把马蹄保护起来的,让我们一直看不到蹄印。到这里他不需要再藏起马蹄印了,这里的休伦人也有很多马。不过他到底还是没能逃过我们的追踪,掳掠了别人家的姑娘,现在就该他付出代价了。他是沿谷地走的,我们也沿着谷地追下去,不会再花精力走冤枉路了。”

到中午时分,一行人循着马蹄印走完谷地,涉过达斯卡隆河,来到一条小溪边,大家都看到了有人宿营留下的痕迹。在一处泉水旁,横着一些烧过的木柴,地上还扔着吃剩的鹿肉,低矮处的树枝上也留有马啃过的痕迹。离此不远处,海沃德还发现了一个小小的窝棚,显然是有人住过的。“很可能正是科拉和艾丽斯两姐妹委屈过夜的地方。”他心里这样说,便有很多遐想浮上脑际。

但在宿营地周围,除了两匹马的踪迹外,再没有找到人的脚印。追踪路线一下突然终止了。当恩卡斯欢叫着从林子里牵着两匹马走来时,邦波也并没有兴奋起来。他看到两匹马背上的鞍子已经弄破,鞍垫也很脏,说明已经无人照管好多天了。

“那狡猾的刁狐狸丢弃了这两匹马,消灭了踪迹,我们又得费些劲寻找了。不过这也说明我们的旅程快到终点了,刁狐狸丢弃了马,带着两个姑娘走不了多远,该到他的老家了是不是,大蟒蛇?”

莫希干酋长点点头表示赞同,却没有说话,自顾往林子深处走去。他儿子恩卡斯也跟着他走过去。海沃德正对那父子俩的行动不解,邦波却又笑起来,说:“看他们的,我们有两个莫希干朋友,就不愁被那刁狐狸难倒。”

果然不出邦波所料,年轻的莫希干人很快跑回来报告,说他父亲老酋长已经发现了新的踪迹。三个人跟着他走去,只见钦加哥拿着短刀正用力挖着一条水沟。见邦波等人脸有狐疑,恩卡斯并不解释,也动手帮着挖沟。

那是一股山泉流过来形成的小溪。莫希干酋长挖开另一条沟,把溪流引向一边,原有的小溪水被放尽,便露出溪底的泥土来。两人又俯下身仔细察看了一会儿,年轻的莫希干人便发出一声欢呼。大家立即拥到他身边,看他手指的地方。只见湿润的泥土上,清晰地现出一只鹿皮鞋的脚印。原来“刁狐狸”麦格瓦一行人是踩着溪流走的,所以路上才没有留下脚印。

“这是那个圣教徒的脚印!”邦波用手掐着量过尺寸,立即宣布说,“只有大卫的脚才有这么大的尺码,那个刁狐狸强迫他换上了鹿皮鞋。”

“可是,我没有看到那两个姑娘的脚印呢!”海沃德大声说,似乎对眼前的成果还不满意。

邦波见老孟罗也显出失望的神情,便自信地说:“没关系,大卫在这里,两个姑娘就丢不了。休伦人要的是女人,他们对一个只会唱歌的圣教徒不感兴趣。那刁狐狸显然用了别的办法消除女人的脚印,也是为了躲避追踪,很可能是两个休伦人分别扛上姐妹俩走的。我们就顺着这条路追下去!”

一行人又开始快速行进。到了一片矮树林中,老孟罗终于看见了自己最渴望看到的脚印,三双大脚印和两双小脚印交叉叠印着向前延伸。到了太阳逼近西边山头的时候,他们已经来到了一片开阔的林子边。

“我闻到休伦人的气息了。”侦察员邦波向两个莫希干人说,“透过树林可以看到很远的地方了,我们已经接近他们的营地啦。大酋长你说呢?”

得到钦加哥肯定的回应后,邦波立即对钦加哥和恩卡斯作了布置,要他们分头前去侦察,并约定了联络暗号是三声乌鸦叫。随即又带着孟罗上校和海沃德走出林子小心前行。

已是傍晚时分,在一片开阔地上,海沃德发现前面出现了一块不大的湖面,湖边排列着几百间像房屋一样的泥土做的窝棚。他正猜想那可能就是休伦人的村落,却又看见从泥屋里一齐钻出来许多身影。就像受到什么惊吓,那些身影又纷纷跳进了湖里。

在海沃德一旁的邦波见他一脸的不解,便笑着轻声解释道:“你以为那些小泥屋是什么人住的?告诉你,根本不是人住的,那是这地方个头特别大的河狸筑成的窝。奇怪吧?在休伦人这里,很多事情都会让你想不到呢!看,那边又有你没想到的东西来了,这次不是河狸,而是一个人。”说罢悄悄地举起了自己的长枪。

海沃德看到离他不远处出现了一个陌生的人影,很快渐渐看清那人穿着印第安土著衣服,头上还插着几根凌乱的鹰羽,脸上也画着奇形怪状的花纹。虽然看不清楚他的表情,但从他站着的姿势和他时不时摇头叹息的样子,不难猜出他准有一副可怜绝望的神态。

那印第安人的样子不仅让海沃德感到惊奇,也让一向以“鹰眼”著称的侦察员不解。邦波举着枪瞄准一阵后,又慢慢垂下了枪口,悄声说:“这家伙不是休伦人,也不属于任何一个印第安部落,他没有带武器,也不晓得大喊大叫。看我上去把他捉了来。”说罢即把枪递过去,让海沃德拿着,自己悄悄向前摸去。

海沃德有些莫名其妙,不知这神出鬼没的侦察员又会有什么招数。却又想,如果是那休伦人诱邦波上当,使邦波遭到意外的危险,自己只好用他的长枪帮邦波杀敌了。

但那个休伦人似乎并无警觉,一直呆呆地站立着,脸向湖边张望,姿势神态仍然是可怜绝望的样子。"鹰眼"邦波靠近那人后,把手从他身后高高举起,眼看着要扑上去,却又突然把手缩回。之后便看到邦波回过头不出声地笑起来,接着又把手轻轻地放在了那人肩头,说道:

"怎么啦,朋友,你想教那些河狸唱歌吗?"

海沃德也惊奇地站起身,立即提了枪跑上去,一只手拉住那人叫起来:"是你,大卫·加穆!"

老孟罗也急急地走上来,半信半疑地看了他好久。又一把拉住他,激动地说:"真是你,圣歌教师,我的艾丽斯和科拉现在在哪里?"

正在这时,林子里突然响起了"呱呱呱"的鸟叫。众人吓了一跳,以为有人过来惊动了鸟群。邦波笑笑,指向林子说:"这是乌鸦的叫声,是约定的暗号,我的两个莫希干朋友回来了。还是大卫先说说那两姐妹在哪里,我们好去营救。不,先说说那个休伦人首领,是他劫了你们来这鬼地方是不是?不把那刁狐狸先解决掉,两姐妹也救不出来。"

大卫这才定下神来,回答说:"是麦格瓦把艾丽斯和科拉抢到这里来的。不过那家伙今天不在部落里,他带着一些年轻人打猎去了,听说明天还要往森林深处走。司令的两个女儿现在也不在一处。黑头发的姑娘被送到邻近的一个部落里去,那部落就住在那边的黑色岩顶上。黄头发的年龄小一些的姑娘在这个部落,与休伦人的妇女们在一起。土著女人们燃起篝火来接待她哩。"

"哦,那是我的小女儿艾丽斯,我可以先见到她了。快,快带我们去吧,圣人。"孟罗上校又激动起来,还真诚地把大卫当成了圣人。

"不,不能盲动,尊敬的上校,"邦波冷静地说,"部落里的情况我们并不熟悉，休伦人也许会拿战斧来欢迎我们呢。还是先听这圣教徒把话说完。呃，你呢，你怎么会站在这里，他们没有把你看管起来？”听到邦波的问话，大卫眼睛一亮，显出几分得意样，然后才严肃地说：“我吗？他们不能把我怎么样，我一直唱着圣歌。基督的赞美诗虽然不能在战场发挥作用，但在这里，也可以对这些异教徒的灵魂产生影响。所以他们就让我自由走动了，他们不能对一个虔诚的信徒动粗。”

“哦，是的，我的圣教徒，”邦波听到这里，便笑着打断他说，“他们可能听不懂你唱的圣歌，但印第安人也从来不会伤害一个头脑有问题的人，他们认为你精神失常了。好了，这只是个玩笑。我们还是再说说被掳去的两个姑娘吧。两个部落究竟是什么样的，你得讲详细一点，我们才能找到对付的办法。”

“对，这才是正题。”海沃德急急地说。

老孟罗也凑上前来，心情急迫地看着圣歌教师，想知道自己女儿的全部情况。大卫·加穆这才回过神来，从头讲起了被抓来的经过。

休伦人酋长麦格瓦把孟罗姐妹和圣歌教师掳去后，沿霍里肯湖西岸向加拿大休伦人故乡走了几天。一路上那“刁狐狸”花了很多心思掩藏行走的痕迹，以使可能的追踪者找不到目标和方向。到达自己部落前，却先把两姐妹中的姐姐科拉送到途中一个山顶部落留了下来。那个部落并不是休伦人，而是大卫也说不清族属的印第安人，信仰的图腾是乌龟。而后则把妹妹艾丽斯和大卫带回了麦格瓦当大酋长的休伦人部落。

根据大卫描述的科拉所在部落的情况，邦波和莫希干酋长钦加哥热切地讨论过之后，断定那山顶部落就是莫希干人原先所属的特拉华人的一个支系。但因地处法国人占领的加拿大境内，这支部落就与南边的特拉华人分裂成敌对的阵营了。说起自己民族的这一支敌人，钦加哥便有些激动，告诫大家说：“我们印第安人有一句格言，翻脸的朋友比想剥你头皮的敌人还要心狠。”

老孟罗听到这话，心里不免一阵紧张，不安地看着钦加哥和邦波，又催着他们赶快决定怎样营救两姐妹。邦波同情地看着自己过去的司令,便说:“事不宜迟,我们分头行动。这样,大卫先回休伦人部落,设法把我们来到的消息告诉艾丽斯妹妹,然后到山顶部落,同样把消息告诉科拉。把联络暗号,就是那‘呱呱呱’的乌鸦叫,也告诉她们。摸清姐妹俩所处的位置后,再回到这里来报告。之后我们就可以突然出击,一下救出她们立即往回走。现在这个侦察任务只有大卫才可能办得到。他是疯子,在印第安人中享有自由走动的特权,穿着打扮也是印第安人的样子。除他之外,我们任何人去都可能被捆绑起来,就连钦加哥和恩卡斯也会被盘问得露出马脚。你们说是不是?”

众人都说这主意对。只有海沃德提出了不同意见,坚持要跟大卫一起前去侦察,并提出自己也可以化装成印第安人的模样。“何况我除了英语外,还能用法语与他们说话。他们都属蒙卡姆将军的治下,与法国人交往多,肯定会说法语。我也可以装成个疯子,把我打扮成傻子也行。”

邦波心想,这年轻的少校可能太急切要见到两姐妹了,尤其是艾丽斯。早先在森林里从休伦人手中解救她们时,海沃德对艾丽斯的关切就超过了科拉。

邦波会心地笑笑,便答应了他。又对莫希干酋长说:“我知道所有的印第安酋长都会随身带着多种颜色的油彩,拿出你化装的本领来,把这小伙子打扮成一个杂耍艺人吧。我见过一些法国殖民军总部驻地的白人流浪汉,也常常扮成印第安人的样子,到与法国人结盟的部落混饭吃,还找女人玩。但不要把他化装成一个傻子,否则那小姑娘看见会晕过去的。”

黑夜的审判

海沃德被休伦人盘根问底险些露出马脚。"疯子"大卫神情自若，机智掩护。得胜归来的休伦战士跳起凯旋舞蹈。避战逃跑的胆小鬼被无情处死。一个印第安战俘也面临审判，不屈反抗时，依靠神柱暂免一死，原来被俘者竟是勇敢的恩卡斯。

侦察员邦波对搜救行动重新作了安排，由海沃德和大卫去休伦人部落找艾丽斯，他和恩卡斯去山顶的特拉华人部落找科拉。老孟罗与肩头有枪伤的莫希干酋长留下来，找个安全之处作为大本营，等着接应。这样部署完毕，几个人就分头行动了。

化装成印第安人的海沃德和大卫很快穿过林子来到了休伦人的部落外。海沃德看见，组成这个部落的是五六十间用原木、树枝和泥土搭建的房屋，顺一面缓坡十分零乱地排列着。房屋四周不远处有很多高高的草堆。一些光着身子的土著小孩在草堆和房屋间奔跑着玩耍，还有些老人和妇女在走动。

部落并没有武装的战士守卫，似乎人们并不担心有人会来袭击。不过根据邦波先前的介绍，海沃德也知道这并不是休伦人缺乏应有的警惕，一旦出现敌人，部落很快就会集合起足够的战士应战，因为他们差不多人人都是战士。这也是所有的印第安部落共同的特点。因此，尽管看上去并没有什么危险，海沃德在走近部落时，心里仍然保持了高度的戒备。

果然，随着一个孩子一声尖锐的怪叫，部落里立即走出来很多男女，一下把海沃德和大卫围了起来。很多男人照例拿了战斧或长刀。有认得那唱圣歌的“疯子”的，用部落语言七嘴八舌问他旁边的那个怪人是谁。大卫听不懂，只管亮开嗓子唱起圣歌。休伦人便放过他，齐齐地围住海沃德，同样以部落语言向他提问。海沃德自然也是听不懂，闭口不答，心里却想着怎样才能蒙混过关。

几个身体强壮的休伦战士见一时问不出个着落，便不由分说地把两个人推着，向部落中心的一间房子走去。那间房子虽然也是木屋草顶，却明显比其他房子宽大，门口还站了些结实凶悍的汉子。海沃德于是猜想，这可能就是部落议事集会之所了。因为先前听大卫说过，“刁狐狸”麦格瓦带人打猎去了，此时不在部落里，那就没有谁会认识自己。海沃德便壮着胆子走进那屋子，等着他们盘问。还学着大卫的样子，不慌不忙地从屋角堆着的干树枝中拖出一捆当凳子坐下来。

屋子里插着几支燃烧着的火把。借着火光，海沃德看清屋里挤了很多人，多数年轻的休伦战士都靠墙站着，中间则坐了几个年纪较大的汉子，可能是部落酋长之外的首领之类。人们都看着海沃德，又纷纷议论着，却很久不说话，似乎在等着什么。

海沃德在众目睽睽之下，一下觉得十分不自在。而圣歌教师则若无其事地坐着，口里念念有词。虽然没有唱出来，海沃德也知道他一定是在默诵着一首赞美诗。

终于，一个头发花白的老者开口说话了。虽然仍是说的让人听不懂的印第安休伦语，但海沃德从他说话的语气和表情看出，似乎并没有太多的敌意，反而显得有些客气。

海沃德抓住时机用法语向老者说：“我是法国人，是休伦人的朋友，在这么一个聪明勇敢的休伦人部落里，也没有一个会说法语的战士吗？”

问话的老者看着他，先是摇摇头，而后却又点点头，接着便用一种很不熟练，又混杂着浓重土音的法语接上话说：“你既然来到休伦人的部落，就应该用我们的语言说话。我们的部落不欢迎那些混饭吃的杂耍艺人，他们不尊重休伦人。而那位伟大的法国首领，在跟我们说话时都是用的休伦语。你如果不会说我们的话，就不是他派来的，恐怕还是几天前被打败的英国人吧?”

海沃德听罢这话，不禁暗暗吃了一惊。他怎么也没有想到，那位被休伦人称作伟大首领的法军统帅蒙卡姆还会说休伦语。而这个部落显然已经被法国人教化得极端仇视英国人了。不过，幸亏海沃德还知道蒙卡姆，并且与他打过交道，于是顺手牵羊地借过那位法军统帅的威名来对付他们。

“英国人不敢到勇敢的休伦人部落来，我们伟大的蒙卡姆将军却没有忘记自己的朋友。”海沃德说，“瞧，就是他把我这个懂医术的白人派到你们这里来的，他要我来看看大湖边上的红皮肤休伦人，问问他们有没有什么病痛。蒙卡姆将军还知道，印第安酋长来到白人中间都会脱去牛皮衣，换上送给他们的衬衫。他要我也尊重休伦人的风俗，来之前也让我的兄弟们为我身上画上了花纹。”

海沃德临时为自己编造的身份，以及借蒙卡姆的声名吓唬人的假话，一下受到了人们的欢迎。屋里即时响起一阵喝彩声，随后的气氛便轻松下来。

正在这时，远处的森林里突然传来一阵低微而可怕的喊声，紧接着又是一声刺耳的尖叫，听上去就像狼在嗥叫。刹那间，屋里的休伦战士仿佛听到了战斗的警报，立即一拥而出，又纷纷向自己的住屋跑去。海沃德和大卫也跟着跑出去观看，不知道究竟发生了什么大事。

不一会儿，屋外空地上便集合起了几排队伍，人人都拿着战斧和刀，有的还拿起了法国人的长枪。身强的男人，年轻的妇女，衰弱的老人和幼稚的小孩都出来了，又都大叫大嚷，仿佛为一件意外的事欢欣鼓舞。海沃德吃惊地看着这一场景，过了很久才弄清事情的来龙去脉，心里不禁为这个部落疯狂的战斗激情而震惊。

原来是一队出征的休伦战士胜利归来了。从他们炫耀地举着的敌人的头皮，和兴高采烈地哇哇叫嚷的语气看，他们很可能正是前些

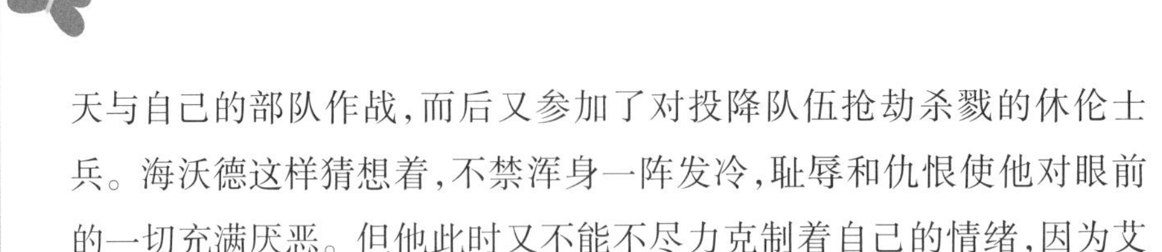

天与自己的部队作战，而后又参加了对投降队伍抢劫杀戮的休伦士兵。海沃德这样猜想着，不禁浑身一阵发冷，耻辱和仇恨使他对眼前的一切充满厌恶。但他此时又不能不尽力克制着自己的情绪，因为艾丽斯的踪影还没有找到。

接下来的场景却吸引了海沃德的注意。他看到休伦战士还押了两个倒霉的俘虏回来。休伦战士把他们推到屋前空地中央站着，地坝四周很快便燃起了几堆篝火。虽然因隔得较远，且火光不是太亮，海沃德无法看清两个俘虏的相貌，但从他们的身高和裸露的身子看上去，两个俘虏都不是白人，而是当地土著居民。

待几个休伦战士把俘虏再次捆紧看押停当，部落的男女老幼便围着篝火跳起舞来。随着舞蹈节奏的加快，人们的情绪也越来越激昂。一些人跳到捆绑着的俘虏面前，便伸手向那两个倒霉鬼做出威吓的手势。一个俘虏耷拉着头，一副畏缩害怕的样子。另一个则无所畏惧地站着，始终保持着挺直的身姿，头也高昂着侧向森林一边，仿佛早已做好了被处死的准备。

两个俘虏的不同表现激起了人们不同的情绪。许多妇女边跳舞边伸出手指指点点，向那个畏缩害怕的俘虏骂着侮辱的话。一些男人则向那个不怕死的俘虏挤过去，又推推搡搡地想羞辱他，以此表示自己的愤怒。但不怕死的俘虏站着不动，休伦人推搡几次撼不动他，也就不再动手。而那个耷拉着头的俘虏却被妇女们推搡得最终跪在了地上。

部落的几个老者与率队归来的战士首领凑在一起商量了些什么，最后，那个头发花白的老者走到篝火堆边，用休伦语大声说起来，边说边用手指点着两个俘虏。海沃德猜想他可能是在宣判对战俘的惩罚决定。

老者的讲话明显地分成了两个部分，一个部分似乎是对不怕死的俘虏说的，另一部分则是针对那个怕死的俘虏。

当老者数落着怕死的俘虏时，海沃德看见那俘虏先是把头耷拉得很低，就像怕见人似的，后来则慢慢抬起了头，目光中流露出羞愧、悔恨和痛苦的神色。最后，当一个手持尖刀的行刑人走到他面前时，那俘虏却突然站直了身子，挺起了胸膛，把自己的心窝对准了那把尖刀。众人都看到了那刀子刺进俘虏胸膛的情景。

当看到那原本畏缩害怕的俘虏被刀刺破心窝，脸上却露出了一阵微笑时，四周便响起一阵叹息和唏嘘。海沃德听出，那些声音既有对那俘虏的谴责和憎恶，也有对他的惋惜和同情，各种相互矛盾的情绪混杂其间，一时使他觉得这场审判非常奇怪难解。

而对另一个俘虏，即那个不怕死的人，众人表现出的情绪却很一致。当花白头发的老者看上去在数落着他的罪过时，人们便一致表示出愤怒和威吓的情绪。当老者似乎宣布了对他的处置方式后，人们，尤其是女人们便发出了叹息，眼里的神情又都充满了钦佩。没有一个人对那不怕死的俘虏表现出憎恶和轻视。

然而，当先前那个行刑人拿起尖刀又走到那俘虏跟前，要对他动手时，众人却突然发出了一阵惊叫。

说时迟那时快，只见那个不怕死的俘虏浑身一阵扭动，挣松了绑扎他的绳索，纵身一跃，便跳过一个篝火堆，返身向部落外的林子跑去。手拿战斧的休伦战士随即呐喊着追赶过去。俘虏的手和身子上扔缠着绳索，虽然被他挣松了些，毕竟也跑不快，很快又被抓住推了回来。

不料刚放开他，他又一纵身跳起来。这次却是迎着主持宣判的老者和人多的方向蹦跳着逃跑，因为出人意料，众人竟没有拦住他。只见他像头鹿一样左右扭动着身子，灵活地在火堆间蹦跳着，又从一排孩子的头顶跳过，向海沃德站的地方跑过来。

整个部落一下都乱了套，人们咒骂着狂乱地向四周散开。一些休伦战士被激怒了，便挥着战斧紧紧追赶。

眼看着那俘虏奔到了眼前，他后面紧追着的休伦战士也已赶拢并举起战斧要砍下来，海沃德突然把身子往旁边一侧，让过俘虏，紧接着

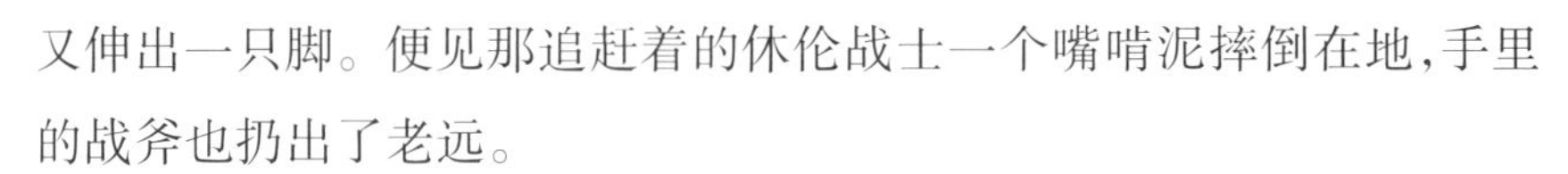

又伸出一只脚。便见那追赶着的休伦战士一个嘴啃泥摔倒在地,手里的战斧也扔出了老远。

俘虏躲过一劫,反倒不再逃跑了,却返身一下靠住部落议事屋前的那根绘着彩色图案的大柱子,任后面的休伦战士追过来把他围住。奇怪的是,原本愤怒异常的休伦战士围住俘虏,举着战斧和长刀,却没有一个再动手砍下来。

待花白头发的老者在众人簇拥下走过来,向俘虏伸出手指一指,用印第安语言说了句什么,俘虏便顺从地放下高举到头上的捆着的手,身体也不再靠紧那大木柱,让他们重新用绳索捆绑起来。这次捆得很紧。

海沃德立即明白了,那绘着彩图的正是这个休伦部落的神柱,任何人依靠着神柱就等于受到了神的保护。外部落的俘虏也可以免除立即受死,即使是死刑也要等到第二天才能执行。

海沃德正奇怪着这印第安部落的奇异风俗,却听见那俘虏向着夜空喊出了一个英语名字:“艾丽斯!”

海沃德更加惊讶,连忙向俘虏投去认真的眼神。他的视线与俘虏锐利的目光刹那间相碰,不禁浑身一热。

原来那被俘的印第安人竟是“快腿鹿”恩卡斯!

灵魂的较量

打猎归来的麦格瓦突然出现，令恩卡斯立即面临被杀的危险。一把战斧向他飞来，恩卡斯面无惧色，坚强地与对手展开灵魂的较量。海沃德冒充神医遭遇考验，被迫去为一个病人驱鬼。没想到首先考验他的却是一头挡道的大黑熊。

年轻的莫希干人恩卡斯是在与休伦人突然遭遇时被俘虏的。那时恩卡斯和侦察员邦波一起向山顶部落走去，打算趁黑夜掩护把科拉解救出来。走到半路上却看到一队休伦战士迎面走来。因为是突然遭遇，双方都没来得及躲藏避让，就立即交起手来。休伦战士虽然人多势众火力猛，但因刚从霍里肯湖边的英法两军战场上得胜归来，又抢了不少东西，这时急着回部落，本无心恋战。而邦波和恩卡斯则奋力还击，灵活地在林中边跑边打，又不断用尖声威吓敌人。黑夜也帮了他们的忙，使他们的枪声和叫喊声听上去仿佛有很多人，很快他们竟占了上风。

这场突然而至的遭遇战，却使一个休伦战士吓破了胆，只见他从自己的队伍里跑出，慌慌张张地向林子深处躲藏。恩卡斯见状，立即扔下邦波向那逃跑的休伦人追去，打算割下那胆小鬼的头皮来。但那休伦战士在林子跑着跑着，却又鬼使神差转回了自己的队伍一边。恩卡斯只顾盯着他追赶，并没意识到方向有什么改变，就在他赶拢那胆小鬼，伸手要抓住他时，脚下却突然被什么东西绊住，身体失去重心，便一下扑倒在地。几个休伦战士一拥而上，把他捆了起来。

势孤力单的邦波远远地看见恩卡斯成了敌人的俘虏,却再也无力与整队的休伦人拼杀,只好眼睁睁看着他被押往休伦人的部落。同时被当成俘虏捆起来押走的,还有那个擅自退出战斗逃跑的休伦人。

印第安人对于胆小鬼的处罚往往比对真正的敌手还要严厉。在燃着篝火的部落地坝被宣判立即处死的,就是那个逃跑的休伦人,名叫"弯腰芦苇"。花白头发的老者在宣布他的罪行时,不仅对他进行了谴责,也以他为例向全部落的人发出了警告,并代表部落酋长议事会宣布对他除名,死了也不能与部落的人埋在同一片墓地,而是抬到森林里当野兽和秃鹫的食物。

对于这一切,海沃德和圣歌教师大卫·加穆一样,有的是亲眼所见,有的则是后来听恩卡斯说的。

在花白头发的老者对恩卡斯做出暂缓处死的决定后,众人便把他推进了那间议事的大屋。海沃德和大卫也跟了进去。大卫和先前一样,安静地找个柴捆坐下来,默诵着自己的圣歌,对周围的一切视而不见。海沃德则寻找着机会试图与恩卡斯说上话。他想,既然恩卡斯已经看见了自己,无论如何也应该与他说上话,并设法解救他。但屋里人很多,海沃德一直找不到机会与那年轻的莫希干人说上话。他只好走出屋子,打算先找到艾丽斯再说。

海沃德在部落里把休伦人住的棚屋一间间查看过,也没有找到艾丽斯的踪影。失望之余,海沃德只好又回到那间部落议事屋,想到或许圣歌教师知道她的下落。但他没想到,一回到那屋子却又遇上了一个难题。

"哦,可别忘了我们的白人医生。"花白头发的老者突然对海沃德说。

这时,人们似乎才又重新发现了这个不速之客,都纷纷围着老者和海沃德,听他们说话。老者告诉海沃德,部落里一个年轻女人生了病,问他能不能像印第安神巫一样,把她身上的恶魔驱走。

假医生海沃德立即为了难。他知道自己既不懂医术,也没有药品，甚至连印第安巫术一类的把戏也不会做，这时去为病人看病，很可能会立即露馅。但现在他已无路可退，只能继续维持一个“医生”的尊严，能拖一会儿算一会儿。于是以一种故弄玄虚的口气答道：

“妖魔各有不同，有的可以力擒，有的只能智取。我不知道是什么样的魔鬼缠上了你的亲人，因此我需要一些时间测测方位和风向，再去为你的亲人驱赶妖魔。请放心，等会儿我一定会手到病除的。”说罢便闭上眼端坐着，故意不再理周围的人。

花白头发的老者见他说得自信而有理，也不再催促，耐心地坐下来，吸着烟等待。圣歌教师大卫和听到他们对话的恩卡斯便都松了一口气。

这时，从屋外走进来一个身强力壮的休伦战士。屋里的休伦人，包括几个老者都不约而同地站起来，向他点头致礼。来人穿过人群，大咧咧地走到屋中间，在一个年轻人为他让出的柴堆上坐下来。海沃德借着火光向那人打量过去，这一看把他吓得心一下紧了起来。

新来者不是别人，正是这个休伦人部落的酋长——“刁狐狸”麦格瓦！

麦格瓦带领的打猎队回到了部落。众人都纷纷向他打听出猎的收获。麦格瓦没有立即回答大家的问话，却从腰间拔出战斧，在斧柄一端的凹陷处装上烟草，从容不迫地吸起烟来。原来印第安休伦人的斧柄是用很坚硬的木头做的，中心钻空，一端挖成烟锅状，便成了随身携带的烟具。

花白头发的老者看着他吸了一阵烟后，才又恭敬地问他：“我们的部落英雄猎到麋鹿了吗？”

“小伙子们背着猎物都走不动路啦，”麦格瓦自豪地说，“叫弯腰芦苇和几个孩子到森林路上接他们去吧。”

麦格瓦话音一落，屋里立即出现一阵可怕的沉默。好一会儿，老者才向麦格瓦酋长说起了处决那临阵脱逃的胆小鬼的事。又说，还抓到了一个特拉华人，这个人既不屈服也不怕死，还差点从部落众人面

前跑掉。

“咦，哪个特拉华人会走到这里来，还这么张狂？”麦格瓦有些吃惊地问。

“嗯，他被重新捆起来了，就在这屋里。”老者说着，便伸手向屋子一侧昂然屹立着的恩卡斯指去。

麦格瓦不慌不忙地磕掉烟锅里的烟灰，站起身接过一支火把高举着，向俘虏走过去。众人看见，他们的酋长与那俘虏目光相遇的一刹那，竟像被冰水浇着似的，浑身颤抖了一下。很快便听到他大声地喊出了一个令人生畏的名字：

“啊，快腿鹿！”

原来，钦加哥和恩卡斯这一对莫希干父子在休伦人部落里早有声名，是他们的死对头。但多数人并没有见过他们，只听与他们打过仗的麦格瓦和少数休伦战士不断讲起过，知道那莫希干父子打起仗来很是了得。没想到现在被他们抓住的这个俘虏，正是他们日夜想剥他头皮的“快腿鹿”恩卡斯。

恩卡斯见自己已经被“刁狐狸”麦格瓦指认出来，更不能在敌人面前示弱，把身子挺得更直，头也昂得更高，眼睛毫无惧色地直视着自己的对手。众人见状，纷纷叫喊起来：“杀死他，杀死他，立即杀死这个该死的莫希干人！”

麦格瓦也举起火把朝恩卡斯威胁性地晃了晃，对他说：“可听见了，莫希干小子，我要你死！”

“治病的圣水救不活死去的休伦人，”恩卡斯轻蔑而挑衅地说，“滚滚的流水冲刷着他们的尸体，战场上的休伦人都是胆小鬼，莫希干人才是真正的战士。去把你们的人都叫来吧，让他们都来看看真正的莫希干人是什么样子。休伦人，你们害怕了，我的鼻子已经闻到胆小鬼的气味啦！”

麦格瓦和休伦战士都被恩卡斯的话激怒了，又都纷纷叫嚷起来。“杀死他，杀死他，杀死这个莫希干人，让他永远闭上他的臭嘴！我们的酋长，伟大的麦格瓦可不能轻易饶过了他，让他现在就死！”

“是，我决不会让这个莫希干小子活着走出去，我们要为被他和他老子杀死的休伦人报仇！”麦格瓦恨恨地说，再次煽起了众人的怒火。

“好！”只听得一声大喊，麦格瓦话音刚落，一个年轻的休伦战士就跳起身来，一手高举着磨得雪亮的战斧，杀气腾腾地向恩卡斯扑过来。在离他还有几米远处，便按印第安人在战场上的习惯，把斧子扔向被绑着的俘虏。

一道寒光闪过，却听得“当”的一声，杀人的战斧应声落地，把恩卡斯脚下地面的石头砍开一道白印。

这并不是那休伦战士的身手出现了闪失，而是在他刚刚出手的那一刻，被麦格瓦伸出手臂往下按了一下，让恩卡斯躲过了一劫。

“停下！”麦格瓦随即向众多操起战斧的战士喝道。之后则转过身来，向恩卡斯挑战似的看了一眼，又面向自己的战士说道：

“我们暂且让这个莫希干小子的生命多留一夜晚。根据部落的规矩，到明天太阳升起来，把所有的山林都照得亮亮的时候，再杀他祭奠我们的兄弟。那时候，我们要让所有的娘儿们和孩子都来看看这个死鬼的样子，让他在我们的女人和儿童面前丢尽脸面。现在暂且把他带到一个安静的地方，看他面对明天的死期还能不能像现在这样傲慢，看他今晚是不是还睡得着觉。”

几个年轻的休伦战士听到酋长的命令，立即把恩卡斯推出来，往他身上再加上些粗大柔软的藤条，把他捆扎得更紧，向屋外推去。

恩卡斯仍然挺直身子，毫无惧色，稳步走去。在走到门口时却突然回过头来，向隐在火光后面的海沃德瞥了一眼。海沃德看到他的眼神仍然很坚定，完全没有绝望的神情，心里不禁为他暗暗叫好。但他并没有叫出声来。因为直到现在，休伦人酋长麦格瓦也没有发现他，在他旁边坐着的花白头发的老者也没有向麦格瓦提起这个白人。所有人的注意力都被麦格瓦和那年轻的莫希干战俘之间的冲突吸引了去。海沃德因此得以逃过了麦格瓦的盘问，也暂时逃过了被羞辱和屠杀的命运。

麦格瓦似乎很满意自己对恩卡斯的处置,也很满意部落众人对自己的尊重。看到恩卡斯被手下的战士押着走远,便也转过身,抖一抖披在身上的表示酋长身份的鹿皮袍子,向外走去。

海沃德一直悬着的心终于落了地,便转向大卫·加穆起先坐着的位置,想向他询问艾丽斯的下落。却见那圣歌教师不知在什么时候已经不在屋里了。海沃德感到很奇怪,刚才还看见他的。在众人围着麦格瓦和恩卡斯吵嚷着的时候,大卫一直闭眼沉默地坐着,就像一截木头,这时却突然不知去向,就像从这屋里钻下了地一样。海沃德正奇怪着,却又听得先前那个花白头发的老者开了口:

"跟我走吧,会通灵术的白人,我那生病的亲人还等着你驱鬼呢。"

跟老者一起的几个年轻休伦战士也虎视眈眈地看着他。海沃德无奈地摇摇头,只好跟着老者往外走。

屋外的地坝上几堆篝火尚未燃尽,一些小孩子在火堆间蹦跳着做游戏,似乎玩得很开心。

海沃德穿过地坝上空的烟雾走到房屋群外边,呼吸着清新的空气,精神一下又振奋起来。他想,若是这老者那生病的亲人与部落的女人们在一起,或许就能打听到艾丽斯的下落呢,于是紧紧跟着老者向山脚的一排山洞走去。老者和几个年轻的休伦人并没有打火把,但因夏夜天气晴朗,虽然没有月亮也能看清楚弯弯曲曲的道路。

到了山脚,还没有走近那些山洞,几个人却被一团黑乎乎的东西挡住了去路。休伦人停下来,像在犹豫着是再往前走呢还是退回去另找一条路。只见那团黑东西摇摇晃晃地动了起来。海沃德有些莫名其妙,正要往前去看个究竟,又见前面山坳间那排山洞前有了亮光。有人听到响动打了火把来迎接老者。与此同时,那团黑东西也转了过来。海沃德借着那火光定睛一看,心里突然"咚咚咚"地狂跳起来。

真真切切地,他看到了一头大黑熊。

救命的黑熊

黑熊神官的到来让海沃德再次逃过了假冒身份被揭穿的危机。找到艾丽斯时意外一个又一个接踵而至。狡猾的“刁狐狸”当面揭穿了白人的骗局。最危险的时刻，又一场搏斗激烈地展开。休伦人酋长万万没料到会在自己的部落里被敌手擒获。

在北美洲的印第安人部落里，人们常常会豢养一些野兽，作为自己亲密的伙伴和宠物，有的还作为图腾崇拜对象供奉起来。那些被从小豢养的野兽习惯了与人在一起的生活，长大了也不愿离去，仍然在部落周围觅食玩耍。部落的人不会伤害它们，也很少有人被它们伤害。这样的风俗，海沃德在其他部落里也见过。他想，现在这头挡道的黑熊很可能正是这个部落豢养的，如果休伦人不杀它也不害怕的话。

果然，待那头黑熊平静一些不再摇晃身子，稍稍让开些路后，老者和年轻的休伦战士便从容地经过它身边向前走去。海沃德也学着休伦人的样，小心地走过去。虽然事实上一切平安，但他的心仍难免急速地跳个不停。走过那黑熊之后，他还忍不住回过头去看了几次，担心它从后面袭击上来。但那黑熊似乎并没有要伤人的意思，隔了一段距离，却又步态安闲地跟着他们走了过来。海沃德紧跑几步追上老者，把那黑熊的动向告诉他要他提防着。却见老者摇摇头，走到一个石洞的洞口，推开一扇用树枝扎成的门走了进去，似乎并不在意海沃德或是那头熊会不会跟进洞里来。

现在的海沃德孤身一人，既没有找到艾丽斯，也没法救出恩卡斯，就连圣歌教师大卫·加穆也不见了踪影。见那花白头发的老者和年轻的休伦战士完全不再注意自己，他突然想到了逃跑，也许逃出去把侦察员邦波和经验丰富的莫希干酋长找来，救人还有希望。这样想着，刚回过身，却见那头熊也跟着自己走来，已经很近了，后退的路也被那野兽完全堵住。海沃德别无他法，只得赶快钻进洞里，又返手把树枝门推过去关上。

进了山洞，只见一条狭长的甬道向里延伸。海沃德紧走几步赶上了那几个休伦人。老者却是从容不迫，慢慢走着。海沃德也只好放慢脚步，又不可能超过前面的人，心里仍惦记着那头黑熊。

正这么想着，突然感觉有什么东西已贴近了身体，肩膀也搭上来一只手掌。海沃德恼怒地回过头去，却见正是那头黑熊把熊掌搭上了他的肩头。海沃德差点叫出声来，又怕突然尖叫使那黑熊受惊就更糟，便使劲忍着心头的紧张，用力摆脱熊掌，加快步子紧走几步。

好在这时已经看见了洞里的亮光，那黑熊也没有再抓住他。

山洞深处是一个巨大的洞室，休伦人用石头、树枝和树皮做成隔墙，把洞室分隔成了很多个房间。洞室顶部有通向外面的出口，形成自然的天窗，如果在白天，就会有阳光照射进来。这样的洞室往往比木头和泥土做的房屋更安全，休伦人把这里当成了仓库，很多属于部落的公共财物都贮藏在这里。他们还把被魔鬼缠身的病人安置在这里，方便驱魔捉鬼。花白头发的老者要海沃德医治的病人，现在就躺在洞室的一间屋子里。部落里一些年轻女人此时也围在那病人身边。

令海沃德吃惊的是，那突然失踪的圣歌教师大卫·加穆此时正在这里，站在女人们中间。看见海沃德到来，大卫朝他眨眨眼，又摇摇头，示意他不要奇怪也不要问。海沃德便不再看他，只是按照老者的要求为躺着的女人看病。

不用什么高明的医生细看，海沃德立即看清了眼前这个女病人的容颜。她早已病入膏肓，全身瘫痪，连痛苦的呻吟也很微弱了。不说他这个假医生无法救她,就是真正高明的医生也没办法医治了。看到这里,海沃德反倒心安了些,不论自己的医术是真是假,是高明是蹩脚,结果反正都一样。他坦然地坐下来,学着那些印第安巫医的样,闭上眼睛,嘴里念念有词地嘟囔着什么,就像真的在作法驱魔似的。

老者和围着的女人们并不怀疑,虔诚地看他作法。一会儿,海沃德睁开眼睛,老者便关切地询问他进展如何。海沃德故意装作听不懂的样子,又闭上眼乱七八糟地念叨起来。老者似乎起了疑心,站起身盯着他看。站在一旁的圣歌教师却及时地清清嗓子,放开喉咙唱起一支圣歌来。休伦人对这个奇怪的"疯子"似乎很尊重,并不阻止他,让他一直唱下去。海沃德则趁机把自己的尴尬掩饰过去,又在心里感谢着大卫为他解了急。

当大卫把最后一支圣歌唱完后,洞屋里忽然响起了一阵低沉的吼叫。海沃德睁开眼,与众人一起向那吼叫声方向看去,发现是那头大黑熊发出的吼声。黑熊不耐烦地吼叫着,一次比一次更凶暴。海沃德心里又升起一阵恐惧。奇怪的是那些休伦人却仍是一点不害怕的样子,只是多了一些不解和焦虑。

"哦,我知道,是狡猾的魔鬼有了提防啦。"花白头发的老者对大家说,"老熊在提醒我,人多了吵得凶,再机灵的神医也驱不动魔鬼。我们都出去吧,让这个白人神医好好作法。"

又转向海沃德说:"兄弟,这女人是我的一个最勇敢的小伙子的女人,你得好好给她医治,把魔鬼赶得远远的。"

"哦,你也静下来吧!"老者最后说,同时把手伸向那咆哮不已的野兽,要它安静下来。

老者领着年轻的休伦人走出去后,洞屋里只剩下了海沃德和他的病人,以及那头黑熊。海沃德已无须再装什么医生,只把注意力转向了那头黑熊。这时却见黑熊一下站直身子向他走过来,又剧烈地摇晃着身子,一只前掌还笨拙地伸到张开的嘴边抓着。海沃德怕它再扑过来,又紧张地左顾右盼寻找着逃生的路。却听得那黑熊突然像人似的

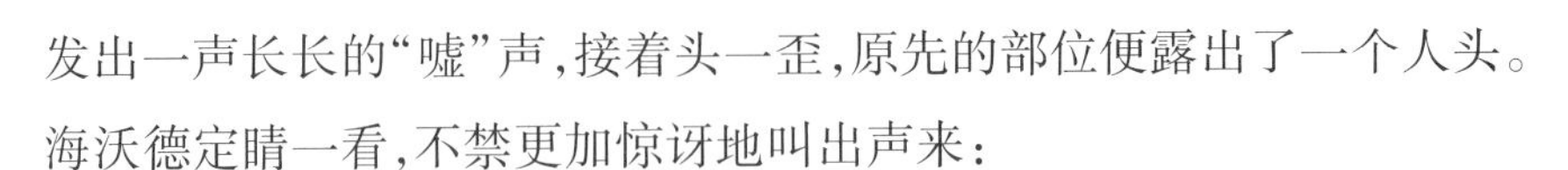

发出一声长长的“嘘”声，接着头一歪，原先的部位便露出了一个人头。海沃德定睛一看，不禁更加惊讶地叫出声来：

“啊，是你，鹰眼邦波！”

“嘘……”邦波再嘘一声，说道，“小声点，休伦人没有走远。”

海沃德急忙走上前去，对邦波说：“你搞什么名堂，装成黑熊把我吓得够呛！那些休伦人怎么没看出你来？”

“他们以为我是部落的神官，所以不害怕也不怀疑黑熊。豢养野兽和由人装扮野兽当神官，都是印第安人的风俗，为的是给部落增加神力，保佑平安，我早就了解他们这一套。我是将计就计，把休伦人的神官杀了，剥下他穿的熊皮扮成黑熊神官才混进来的。先前圣歌教师已经知道黑熊是我装扮的了，所以他不害怕。只有你不知道，你还是军官呢，原来也胆小呀，嘿嘿，我可抓着你的短处了。”邦波说罢，得意地笑起来。

海沃德立即红了脸，说：“都什么时候了你还开玩笑！现在怎么办，我还没有找到艾丽斯，恩卡斯也被休伦人逮住了，明天就会被杀死。”

邦波不再说笑了，但脸上的神情并不像海沃德那么悲观，他说：“你跟我来，大卫起先悄悄告诉我的，艾丽斯就在这洞室里，可能关在其他屋子里。丢开你的病人，我们走！”

海沃德受到了鼓舞，跟着邦波在洞室里一间一间地推开门找人，终于在山洞深处找到了单独关着的艾丽斯。海沃德急忙上前拉起她就要往外走，却被艾丽斯奋力挣脱。艾丽斯害怕地看着他和仍然罩着黑熊皮的邦波。

邦波一下明白过来，轻声说：“艾丽斯，别害怕，我是邦波，他就是你亲爱的少校军官海沃德呀！”又转脸对海沃德说，“你要找到水把脸上画的印第安妆洗去，亲爱的艾丽斯才不会害怕。我们都太着急啦。”

海沃德连声说：“对不起，对不起，亲爱的艾丽斯，我吓着你啦！”边说边用手把自己脸上的油彩抹掉。但他这样非但没有抹掉油彩，反而使整张脸花得一塌糊涂。不过,艾丽斯已经不再害怕,一下扑到他怀里把他抱得紧紧的,口里也一连声地呼唤道:“海沃德,啊,邓肯,我亲爱的邓肯,你终于来了!”说着,眼泪也夺眶而出。

海沃德见她激动得浑身颤抖,又因为身体虚弱,几乎站立不稳,便也用双手把她搂紧。一边安慰着她,一边也激动地说:“亲爱的艾丽斯,我当然要来找到你,我一刻也离不开你。早些时候,我已经向你父亲说,请求他允许我一辈子保护你,让你嫁给我啦!”说罢,又热烈地亲吻起她的脸颊来。

在一旁看着这一切的侦察员邦波,见两个年轻人都很激动,会心地笑笑,便退出屋去在洞室的一处暗角等着他们。“算了,两个恋人竟在这样的环境中说出了平时难得说出的话,我有什么办法呢,就算再多来点危险,我也只好认了。”他在心里这样说。

艾丽斯让海沃德紧紧拥抱着,浑身仍然颤抖得厉害,不过现在已经不再是害怕和激动,而是幸福的颤抖了。

但很快,少女的羞涩和矜持本能又占了上风,她尽力控制着自己的感情,恢复了平静,仰起头来,天真无邪地对海沃德说:“亲爱的邓肯,在我亲耳听到父亲答应你的求婚之前,请你别再对我说这话了吧,求求你,让我安静下来好吗?”

“这……”海沃德迟疑一会儿,便点点头说,“好吧,亲爱的艾丽斯,我不再说了。我们走!咦,邦波呢,我们的侦察员到哪去了?”

海沃德话音刚落,忽然觉得有人轻轻地拍了拍自己的肩膀。“邦……”他转过脸去刚叫出一个字,又立即顿住。站在他身后的分明已经换了一个人,不是邦波,而是……

“刁狐狸!”他吃惊地叫出声来。

“是我,哈哈哈……”只见全身黝黑、一脸狰狞的休伦人酋长突然出现在两个年轻人面前。麦格瓦得意地说,“你胆子不小,年轻人,竟敢闯到我的部落里来了!你这个假医生骗得了部落里所有的人,但你怎么可能骗过我呢,我们一起在森林里走过那么长的路。我听部落的

人一说，就知道是你了。好了，跟我走！明天我会让部落所有的人，都来为你们和那个年轻的莫希干人送行，让你们一道死。”

麦格瓦说罢，又走到另一道开着的门边，拖过一根木头堵住门。海沃德这才明白，这个山洞的洞室还有很多不为人知的门，洞口也不止一个，麦格瓦就是从另外的洞口和门进来的。自己一点没有想到仍然处于被敌人包围的危险中，而没有及时防备，却让感情占了上风，不合时宜地向艾丽斯表白。

海沃德自责地低下头来，却看到艾丽斯仍然单纯而信赖地依偎着自己，便挺起身来跨前一步，把艾丽斯挡住，视死如归地盯着麦格瓦，说：“休伦人，你有本领都使出来吧，我不会向你求情的。”

“好，死到临头还嘴硬，我倒要看看白人的这个德性能维持多久。你放心，在处死你之前，我部落的战士会让你求情的，就看你能不能一直勇敢地笑着忍受拷打。”

麦格瓦说罢，便转过身打算从海沃德进来的那道门出去。但突然而至的一声吼叫却使他禁不住后退一步。定睛看时，只见一头黑熊站立着堵住门口，身子不停地左右摇晃。

麦格瓦很快镇定下来，知道是部落的神官装扮的黑熊，便走过去向黑熊呵斥道：“好了，出去，别闹了，快去跟那些婆娘孩子玩去吧，别挡我的道！”说罢，便威胁性地抽出别在腰间的战斧和猎刀来。

但是，黑熊并没有被吓走，却突然伸出两只前掌一下抱住了麦格瓦的上身，那劲头就跟真正的黑熊不相上下。麦格瓦遭到突然袭击，开头还以为真是那“黑熊”神官捣乱，恼怒地厉声呵斥着要他滚开。后来发现不对，定睛一看，才知又碰上了那个森林中的死对头“鹰眼”邦波，便奋力反抗起来，暴跳如雷地与邦波拼蛮力。

邦波丝毫没有松手，死死地将他抱住，一边则喊道：“少校，快来帮忙！”

海沃德一直屏住呼吸惊讶地看着这情景，现在便不再迟疑，立即放下艾丽斯，跑上前去按住麦格瓦的头，又动手缴下他手里的刀和斧。

一会儿才空出手来，迅速拾起屋角的一条鹿皮绳，扑上去把麦格瓦严严实实地捆了起来。邦波松开抱着麦格瓦的手，把他推着后退几步，然后一蹦而上，挥起拳头照准他胸膛狠击一拳。麦格瓦应声倒地，很久不能动弹。

紧跟着，邦波再次扑上去，抓起一块破布把麦格瓦的嘴堵上，又用绳子把他与一块大石头捆在一起。之后才站起身来，向海沃德说："好了，带上你亲爱的姑娘，马上走，趁黑夜逃到森林里去！"

"不行，"海沃德看看艾丽斯，又看看邦波，为难地说，"艾丽斯已经昏过去啦！"

化装的救援

艾丽斯被黑熊吓得昏了过去。邦波把她和海沃德送去特拉华部落,自己独自返回救恩卡斯,却把倒霉的圣歌教师扔在部落里。气急败坏的麦格瓦决心抓到白人俘虏,200 名休伦战士整队出发。一场大战即将打响,莫希干酋长却戴上了河狸的面具。

艾丽斯在看到麦格瓦凶狠毒辣嘲笑着的脸时,心里并没有感到害怕。她那时倚着海沃德少校,与他同仇敌忾地怒视着那狡猾的休伦人酋长,一副与心爱的人共赴患难的气概,让躲在暗处的侦察员邦波看到,也不禁心生感佩。但当邦波重新戴上黑熊头套突然出现在屋门口,向麦格瓦吼叫着的时候,因为与先前的形象不一样,艾丽斯以为是见到了一头真正的熊。她根本来不及细看,一颗心已经悬到了嗓子眼,紧跟着就吓得昏了过去。

邦波帮着海沃德抱起艾丽斯,轻轻呼唤着她的名字,却久久不见回应。

知道她一时半会儿也醒不过来,邦波便站起身来,对海沃德说:“每条道路都有尽头,艾丽斯昏过去不过是给你我再增加点考验。来,用这些印第安人的衣服把她裹起来,抱着她走原路出洞。到洞口时你就按我说的做,就说你已经把魔鬼关在那屋里了,现在要把这病人带到林子里,去找唤回心神的草药。我仍扮成黑熊神官跟着出去。你说话时还要厉害一点,尽可能拿魔鬼吓唬他们,免得他们很快进去查看,那样就露馅了。”

事已至此，海沃德也不管那计策是否可行了，一切按邦波说的做。他抱起艾丽斯走过先前“作法看病”的屋子，见病人仍躺在那里没有声息，便闯过去，很快照来路走到山洞洞口。花白头发的老者和部落的女人还等在洞口，见海沃德抱了一个女人出来，忙上前探问。海沃德照邦波教的话说了一遍。老者并不怀疑，却关切地要揭开裹着艾丽斯的衣服看看病人的情形。跟在后面的黑熊神官突然大声地发出咆哮，一边还朝老者横冲直撞过来。老者以为神官生了气，只好无奈地摇摇头，看着他们向山里走去。

在森林里走过一段路后，艾丽斯呼吸着林子里的新鲜空气，不久就苏醒过来，见自己被海沃德抱在怀里，难免有些害羞，便挣扎着要下来自己走。海沃德把她放下地，却不忍见她风雨飘摇地走路的样子，仍然伸出手把她的肩头搂住。

邦波见状，便走上来对海沃德说：“这姑娘身体仍很虚弱，你一定要好好照顾她，要带着她赶路。但你们这样也走不快，休伦人如果沿这条路追赶，到不了天亮就会赶上你们，剥掉你们的头皮。现在必须马上换一条路走，从这条小河过去，沿小河北岸一直走，前面有一处瀑布，从瀑布旁边爬上右面的山顶，就可以看到一个特拉华人的部落。他们与休伦人不是一路的，那时你们就安全了。”

海沃德听着有些诧异，忙问：“怎么只是我和艾丽斯走这路，你呢？”

“我得回去，”邦波神情坚定地说，“休伦人还捆绑着恩卡斯，他是特拉华人的骄傲，是莫希干人最后的高贵后裔了。我要回去设法把他救出来。我发誓，不把他救出来，我宁可替他去死。还有那个可爱的圣歌教师，我们也不能把他就这么扔在休伦人的部落里。”

“不行，你一个人怎么救得了两个人，当心休伦人先把你的头皮剥去。”海沃德不放心地看着邦波。

“没关系，”邦波自豪地说，“我的头皮很硬，休伦人没有人能剥得下来。”说罢，便匆匆走去。海沃德看着他昂扬的背影，有些伤感地摇摇头，最后却坚定地转过身，带了艾丽斯朝前走去。

侦察员邦波往回赶得很急，不多时就看到了休伦人的部落。他没有立即走进去，却走到部落房屋的外围仔细观察了一会儿，在那些木头和泥土做的棚屋群中，找到了一间破烂不堪的小屋。他悄悄地朝那间破屋摸过去，到破屋跟前，又把黑熊头皮戴上头，装成熊的模样把门轻轻撞开。

屋里只有一个人，此时正端坐着向屋外张望，见黑熊撞开屋门走进来，却并不慌张，只是冷静地看着它。不一会儿，邦波直起身来，掀开黑熊头皮，对那人轻嘘一声，又语音含混地唱起一首说不清内容的歌来。这时坐着的人也站起来，对邦波说："告诉我，那勇敢的年轻人和他亲爱的姑娘现在怎么样啦，你回来打算做什么？"

邦波说："原来你也会惦念着他们呀，我的圣教徒。放心吧，他们已经逃脱休伦人的战斧啦。我现在关心的是，恩卡斯的情况怎么样。快告诉我吧，大卫。"

"那小伙子被捆起来了，明天休伦人就会杀死他。"圣歌教师说，"我为他感到悲哀，现在正为他背诵适合他的赞美诗呢。还有……"

大卫还想说什么，却被邦波打断。邦波说："还有什么以后再说，现在先带我去找到恩卡斯吧。有我在，你先别为他背诵什么赞美诗。明白了吗？"

大卫信任地看看他，便不再说了。

休伦人用来关押战俘的屋子也在部落中央，就在那间首领议事屋旁边。大卫领着邦波接近那屋子的时候，已是深夜，部落的孩子们早已睡熟了，只有几个休伦战士守卫在门口。大卫走上前与他们搭话，说是黑熊神官要对那个顽固的战俘作法，让他低下头来，穿上女人的裙子向部落的人求饶。休伦战士都乐意看到这个原本使他们害怕的"快腿鹿"当众丢丑，便让他们两人走进了屋，还把房门也关上了。

恩卡斯靠墙坐在一个角落里，手脚都被捆着，黑暗中看到一头黑熊跟着人进了屋，以为敌人是要让那森林中的野兽来折磨他。但他很快就看出了破绽，认出黑熊是假扮的，只是奇怪地盯着他一动不动，不知它要干什么。

只见黑熊一下站起来，向恩卡斯轻声喊道："恩卡斯，是我！"又对大卫说，"快给他松开绑。"

恩卡斯立即高兴地叫出声来："鹰眼！果然是你，我就知道你不会把我扔下。我一点也不怕那些休伦人。"

"但现在要小心点。"邦波说，"屋外的休伦人都拿着武器哩，他们有六个人，我们赤手空拳也冲不出去。现在还是让我们再骗骗他们吧。"

邦波说罢，把身上穿的熊皮脱下来，让恩卡斯穿上扮成神官。又对大卫说："我俩的衣服也换一换，把你披的毯子和帽子给我，还有你的圣诗、眼镜和我帮你找回来的校音笛。你穿上我的猎衫待在这里，他们不会把你怎么样的，要是你跟着出去反倒会被逮住，你太不适合在荒野里奔跑了。"

大卫爽快地与邦波换了衣服，老老实实地坐下来，却又对邦波说："我的圣诗集和校音笛可别弄丢了，很多人都需要我为他们唱圣歌呢。"

邦波会意地笑笑，又拍着他肩头说："放心吧，圣教徒，在重新见面的时候，我一定会把这些东西一样不少地还给你。"

邦波和扮成黑熊的恩卡斯与大卫道了别，便推开门走出去。一个会说英语的休伦战士走上来问道："唉，唱圣歌的疯子，那快腿鹿现在怎么样，他害怕了吗？"

扮成圣歌教师模样的邦波一下愣住，久久不敢开口。因为他和大卫的声音差别太大了，而休伦人早已听熟了圣歌教师的声音，他一开口，立即就会露馅。正在他不知所措时，那头"黑熊"突然凶猛地吼了起来。年轻的休伦战士吓了一大跳，急忙闪到一边，眼看着假圣歌教师和黑熊神官向前走去。

看守战俘的休伦战士见他们走远，终于禁不住好奇，扒着门缝，借着篝火的微光往屋里看，见那俘虏仍然靠墙坐着，便放了心。后来，他们又止不住好奇心，想看看“快腿鹿”究竟被黑熊神官的神力制服没有。这次却发现了骗局，那个坐着的俘虏把他的长腿伸出来，又把低着的头抬起来。休伦人一下就看出了他的模样，立即一拥而进，把大卫拉起来。很快，部落里就响起一片愤怒的喊叫和战斗的警报，很多年轻的战士都集合到部落中央的空地上，发誓要抓住逃跑的俘虏。

一直在山洞洞口守着“魔鬼”的花白头发的老者和几个妇女，听到警报声也赶了过来，说起神官和作法的白人医生，便知道也是上了当。一群战士立即跟了老者来到山洞要去看个究竟。但他们并没有一窝蜂地拥进去，而是挑选了十多个聪明勇敢的战士警惕地悄悄摸进去。又随时准备着与真正的魔鬼搏斗，因为老者仍然相信，那个女病人还是被魔鬼缠住了身。

众人进入洞室后终于看清了真相。那个女病人仍然安静地躺在原来的位置，并没有移动，只是比先前更加安静了，让人看着难免心生疑虑。老者走上前俯身查看之后，立即哀叹一声站起来，向众人宣布：“她已经死了，魔鬼夺去了她的生命。大神对他的孩子们生气了！”

洞室里立即陷入了一片沉寂。好一会儿，众人才抬起头来，向屋子四周张望，似乎还想看看那个夺走病人生命的魔鬼逃走的方向。他们当然没有发现任何踪迹。

正当众人由老者领着要往外走时，却听见洞室另一处响起一阵仿佛东西滚动的声音。休伦战士立即警觉起来，都握紧了手里的战斧和猎刀，朝那声音响起的方向拥去。只见一团黑乎乎的东西从隔壁房间里滚了出来，一直滚到众人站立的洞室中央。休伦战士和老者不知究竟，都用惊讶的目光盯着它，手里的战斧也高举着，随时准备砍下去。

只见那黑东西面对着光亮一下站立起来，很快，朝上的一头便露出了一张歪斜扭曲的脸，脸上的一双眼睛闪着阴沉凶狠的光亮。众人见状，都吃惊地齐声喊叫起来：

“啊，酋长，是你，麦格瓦！”

休伦战士立即动手用刀割断麦格瓦身上的绳索，取出塞住他嘴的东西，又恭敬地让他坐下休息。麦格瓦却一把推开身边的战士，操起自己的猎刀四下看。脸上杀气腾腾，又阴沉羞愤，把他的部落战士吓得直往后躲。麦格瓦看清了周围的人，并没有自己的复仇对象，只能把牙齿咬得格格作响。好一会儿，才强压下怒火，把猎刀扔在一边，坐着生闷气。

花白头发的老者这时走上前去向自己的酋长问道："你也被那些白人骗啦，他们还骗了我和大家，就是那个假医生！可是现在他们已经跑到森林里去啦，我们该怎么办？"

"宰了那个莫希干小子！"麦格瓦咬牙切齿地说，声音如响雷。他并不知道恩卡斯已经被侦察员邦波救出去了。有人把这话告诉他之后，休伦人酋长更加暴跳如雷："啊，那个半白半红拿长枪的恶魔，又是他！他杀死了多少休伦战士，还在瀑布附近剥了休伦人的头皮，我的手臂也是他捆住的。我们一定要抓住他，要剥下他的头皮来！"

"杀死他，杀死他！现在我们就追上去。"部落战士都纷纷嚷着，为自己的酋长抱不平。

"不，"麦格瓦这时反倒冷静下来，以一副尊贵的酋长神情看着自己的战士，说，"现在别忙着去抓，我料定他跑不了。我要立即召集酋长会议，好好计划一下作战方案。走，到议事屋去！"

经过一夜的策划，又听取了派出去打探消息的战士的汇报，到天亮的时候，休伦人酋长麦格瓦已经胸有成竹地向部落的战士宣布了作战计划。他把一些战士留下来，负责照顾老人、女人和孩子。其余年轻精壮的战士约有两百人，便跟着自己出征。为了这次决战，他还为自己的出征队伍取了个响亮的名称，叫"印第安纵队"。在部落中央空地整队宣誓后，麦格瓦便领着情绪激昂的队伍出发了。目标直奔距自己部落不远的特拉华人山顶部落。

在走过部落外那个由一群河狸占领，并建有独特的河狸泥屋的池塘边时，麦格瓦让队伍停下来，自己则站到一个高处向河狸讲起话来。

那也是休伦人部落的一种风俗，在出征作战时，向作为部落保护神之一的河狸宣示决心。在他们看来，能够与他们部落共同生活这么久的河狸也是具有神性的。

麦格瓦没有想到，在他崇敬的河狸群中，还藏着两个敌人，此时正伏在一排河狸窝后面，偷听着他的讲话。在休伦人的队伍走远后，两个人才钻出来，揭去河狸皮做的面具，露出了真正的面容。原来是莫希干酋长钦加哥和英军上校老孟罗。

奔死的竞赛

“刁狐狸”麦格瓦说服特拉华老酋长处死“长枪”邦波。海沃德冒名顶替要代战友去受死，邦波不同意。特拉华人让他们以枪法辨身份。一场奔向死亡的竞赛当众举行。邦波在最后时刻的一枪令众人大感惊异，子弹不知打到哪里去了。

住在山顶的特拉华部落总共有一千余人，原本和南边与英国殖民军站在一起的特拉华人属于同一部族。英法之间的殖民地争夺战争爆发后，他们因地处加拿大境内，又不愿离乡背井到南边去，就与自己的部族分道扬镳，投入了法国人的阵营。但蒙卡姆将军向他们征兵时，他们却以自己与南部特拉华人有旧条约为由，拒绝参战，只与法国人和休伦人保持着名义上的同盟关系，自己守着部落和土地过日子。法国人拿他们没办法，只是向休伦人暗授机宜，要休伦人负责监视他们。因此，休伦人部落倒时常找机会与他们打打交道。亨利堡战役结束后，麦格瓦把孟罗司令的两个儿女连同圣歌教师掳去，最后却把科拉送到了特拉华山顶部落，就是出于一种策略考虑，目的也是加强与特拉华人的联系。印第安人对于朋友委托照看的外来女人一向很看重，认为是对自己的信任。科拉在部落里也受到了很好的款待。

这天早上，当休伦人酋长麦格瓦把自己的战士安顿在半路的森林里，自己一人来到特拉华的山顶部落时，他照样受到了朋友般的接待。一位特拉华年轻首领把他请到自己家里共进早餐，同时问起了他来此的目的，问他是不是要带走托他们照看的那个白种女人。

“她在我们这里是受欢迎的，丝毫没有受到伤害。”首领对麦格瓦说。

“我并不是为这个女人来的。”麦格瓦说，“我的部落的小伙子们说，他们在梦里见到特拉华人的营地附近有英国佬的脚印呢。作为酋长，我有责任来看看他们说的是不是真的。如果英国人来到你的部落，我就要负责把那些白人奸细带回去。”

麦格瓦说罢，从身后取出一个布包，摊开来让首领和他的战士看。那是些麦格瓦和自己的战士在亨利堡抢夺的英国人的物品，多数是女人们用的布料、首饰及装饰物之类。麦格瓦把那些掠夺来的物品作为礼物送给特拉华人。

接过礼物后，特拉华人脸上的严肃表情立即有了改变。首领虽然仍不承认自己藏了白人奸细，但说话时的语气也客气了许多。他对麦格瓦说：“你的战士的梦境我无法证实，英国佬也不会派个女人来做奸细。你如果要把那女人带走，特拉华人是不会阻拦朋友的。”

“不，”麦格瓦毫不松口，直截了当地说，“有一个嗜血的英国佬杀死了我很多兄弟，也许现在就在你们的篝火旁吸着烟呢，你们想不想知道他是谁？”

“是谁？”

“长枪！”

“啊！是他？”年轻首领和他身边的战士异口同声地惊呼出来。麦格瓦立即毫不犹豫地确认了自己的判断，邦波和海沃德的确在特拉华人部落里，只是他们也不知道自己手中的一个白人，就是在英法两军阵营里都大名鼎鼎的“长枪”，或称“鹰眼”的邦波。

“休伦人从不说谎，我相信特拉华人也是这样的。”麦格瓦进一步向首领施压。

一阵长久的沉默之后，首领站起来，向一个战士低语几句，那战士便向部落深处走去。

不多久，便见三个上了岁数的老人从部落深处走出来。其中一人由另两人搀扶着,从他满是皱纹的老脸和十分艰难的步履看,说不清究竟有多大年纪。而从他的静如止水却又十分睿智的神态上看,他至少是一个德高望重的部落长老。而他所穿戴的衣饰也与众不同,只见他的服装华美而庄重,披肩是用最好的兽皮做的,但表面的兽毛早已褪尽。胸前挂满了各种金银质的勋章,手臂和脚颈上也戴着金镯。头上是一顶镀金的王冠,顶上插着三根油光乌亮的鸵鸟羽毛,与他那雪白的头发形成鲜明的对比。一切征象都表明,这个老人就是特拉华山顶部落的老酋长。

随着三个老人走来的,是部落里众多的战士。妇女和孩子们也隔了距离远远地跟着走来。众人脸上的神情都是一派庄严肃穆。走到一片空地中央,众人便围过来,自然形成了一个很大的会场。

"塔曼依!""塔曼依!"

人们热情而神圣地喊出来,持续而有节奏。麦格瓦也满怀敬意地看着这一切。他对这位贤明坚强的特拉华老酋长久闻大名,知道他是印第安人和白人都很崇敬的古老土地的守护神,现在第一次见到,也不禁心生敬畏。于是,麦格瓦急忙从人群中跨出几步,站到离塔曼依较近的地方仔细瞻仰,也希望他能注意到自己。因为这个老人对他此行的成败,无疑也握有决定权。

但特拉华老酋长并没有看他一眼。他谁也没有看,一直目无所视地走到会场中央,任凭自己的部落子孙欢呼而不做一声响应。几个年轻的首领走上前去,尊敬地捧起老酋长的披袍向他致敬,然后为他端来一根木桩,充作凳子请他坐下,自己则护卫在他和另两个老人的身边。

随着一位年长的首领一声呼喊,正面朝向老酋长的人群便唿喇喇地向两边分开,让出一条路来。一群全副武装的战士押着几个白人从远处走来。待他们走过之后,分开的人群立即又合拢,围成一个大圆圈。

麦格瓦与先前请他吃早餐的年轻首领站在一起,注意地看着那几个被押的人,脸上很快露出了满意的微笑。他看清了,押来的白人一共四个,两男两女,分别是海沃德、邦波、科拉和艾丽斯。只有一点让他稍感意外,他们中间没有那个年轻的莫希干人“快腿鹿”恩卡斯。不过他很快就想通了,作为印第安特拉华部族的一个分支,莫希干人恩卡斯当然也是这个部落的自己人,纵有得罪,也不会当成敌人捆绑。

待会场安静下来,负责接待麦格瓦的特拉华人首领便走上前去,先向坐着的老酋长塔曼依低语几句,然后提高嗓门大声问道:

“俘虏里哪一个是侦察员长枪?”说的却是英语。

邦波与海沃德互相对视一眼,都没有立即回答。首领再问了一遍,同时用一种鄙视的目光观察着两个男俘虏。

邦波正要开口,海沃德却抢先做了回答:“是我!”

邦波诧异地看了一眼海沃德,又顺着他的眼光所指方向,看到了一脸得意的“刁狐狸”麦格瓦,很快明白了他的意思。海沃德保护邦波,决意代他受罚,就是要让麦格瓦的阴谋落空。因为麦格瓦害怕的并不是英军少校而是“长枪”邦波,邦波留下来就有可能复仇。但邦波怎么也不愿由别人代替自己去死,这时也大声说道:“不,我才是长枪!”

特拉华众首领和围着的战士都惊奇地纷纷议论,不明白这两个白人为何要争抢一个注定要交给休伦人处死的名额。连那个一直默不作声的老酋长塔曼依也抬起头来,看着两个白人俘虏,眼里露出不解的神情。

“给我们拿枪来,”海沃德一脸傲气地说,“把我们带到林子边去,我的枪声会告诉你们正确的答案。”

“好!”围观的战士齐声表示赞同。他们也习惯以比武的方式来判断一个有争议的问题。

“不好!”只听一声吆喝,休伦人酋长麦格瓦站出来大声说,“你们这是在浪费时间。我知道谁是长枪,我向你们要的这个人,我当然知道是谁。我不仅知道那个杀死了很多休伦兄弟的长枪,而且知道冒名

顶替的白人骗子,他们都是我们的敌人。”

“咦,你肯定不需要他们打枪来证明了?”年轻首领对麦格瓦说,“是谁?”

“长枪是他。”麦格瓦指向了邦波。

“不,你这条休伦狗!”海沃德坚决地说,“究竟谁才配拥有长枪的美名,聪明的特拉华人自会分辨出来。拿枪来,我不能允许别人冒了我的名。”

见邦波和麦格瓦还要说什么,年轻首领已有些不耐烦。这时围观的众人也再次喊起来,要他们立即进行射击比赛来判断真假。首领于是伸手做出禁止再说话的手势,又向老酋长塔曼依说了几句,见塔曼依点了头,即当众宣布以枪法辨真假。但首领并没有为两个白人安排另外的射击场,而是让他们拿枪就地表演,即越过席地而坐的众人头顶,射击一只放置在场边一棵树桩上的陶罐。射击距离约有50米。

海沃德抢先拿到了枪,小心地举起枪瞄准目标。一会儿又放下枪来,注意观察着“刁狐狸”麦格瓦的神情。麦格瓦此时也不再嫌烦了,与众人一样全神贯注地看着两人,要等比赛结果。海沃德猜不透麦格瓦的心思,却也不再犹豫,第二次举枪瞄准,果断地击发。子弹打中了树桩,离陶罐只有几英寸。人们一齐叫起好来,都认为他的枪法不错,他应该就是“长枪”。

轮到邦波射击了。只见他拿着那支枪,朝麦格瓦威胁性地挥动着,又大声说:“休伦人,我现在就可以打死你,没有什么力量能阻止我。但我不会这么要你的命,你要感谢这些特拉华人,因为他们要看到一场真实而公正的比赛。”

邦波说着,却出人意料地把枪猛地往前一甩,似乎完全是一个不经意的动作,就扣动了枪机。只听一声枪响,树桩上的陶罐应声蹦起,碎片立即四处飞散,又落了一地。与此同时,会场中央又响起咣啷一声,邦波把那支空枪扔到了地上,一脸不屑的神情。

众人立即喧哗起来,有的惊讶,有的钦佩,有的怀疑,有的不明究竟。

海沃德抓住时机，大声嚷道："不瞄准就开枪，纯属碰巧。这不能算。"

"对，这不算，重来，重来！"特拉华战士也有很多人嚷起来。他们难以相信眼前的事实，还想得到更有力的证明。

年轻首领又征询了老酋长的意见，很快做出决定，重新比赛，目标改成一只悬在树上的葫芦，距离延长到100米。

仍然是海沃德先射击。这次他做了充分准备，心里更平静了些，也不再犹豫，经过短暂瞄准，就果断地开了枪。

枪声响过，几个年轻的印第安战士立即奔过去查看，又兴奋地跑回来报告，说那颗子弹穿过树身，已经擦着了葫芦。众人立即又叫好，都说他配得上"长枪"之名。说罢又转向邦波，看着他的眼神充满了怀疑和讥笑。

邦波不动声色，端起枪来，稍作瞄准，也开了枪。之后，他再次把枪扔到了地上，脸上仍是不屑一顾的神情。

前去查看的战士这次延宕了一些时间才跑回来报告，他们一脸不解地说：

"奇怪，根本没有弹孔，不知道那一枪打到哪里去了。"

神圣的酋长

狡猾的麦格瓦从特拉华酋长手里要过了俘虏。科拉挺身而出，揭穿谎言。关键时刻恩卡斯现身说法，勾起特拉华人的历史伤痛，击败了麦格瓦的外交攻势，最终却没能救下勇敢的科拉。恩卡斯和邦波决心进行新的战斗，厮杀相约在太阳升到树顶时。

印第安人对于受人欺骗戏耍最不能容忍，常常是宁愿拿生命作代价，也不让欺骗者得逞。特拉华部落的人们听说邦波打的那一枪已经不知去向，便纷纷闹嚷起来，要求惩处这个假冒“长枪”的人。年轻首领这时便走上前来，用极其厌恶的语气对邦波说：“去吧，你是一只披着狗皮的狼。我要和真正的长枪说话！”

邦波却不动声色地说：“可是你们给我的枪并不是我的长枪，不然的话，我一定会打断那根系葫芦的绳子，让葫芦掉下来。可惜我现在只能对你的战士骂一声了，笨蛋，别在其他地方瞎找啦！好好看看那只葫芦，你们就知道为什么长枪是森林里最好的枪手了。”

几个小伙子立刻明白了他的意思，又跑过来看了一会儿，便高举起那只葫芦喊起来：“打中啦！打得好奇怪呀，子弹是从葫芦顶上的小口钻进去，从葫芦底部穿过去的，是很小的一个枪眼！”

众人再次欢呼起来，都认可了邦波的身份，又把好奇、钦佩的目光投到他身上。一些年轻战士还节奏整齐地喊起来：“长枪，长枪！”

年轻的首领确认了眼前的事实，便转而对海沃德问道：“你干吗想堵住我们的耳朵？特拉华人连小豹子和山猫都分不出来了吗？”

“不，我一点也不想欺骗勇敢的特拉华部落。”海沃德神情平静地回答说，“我只是为了对付那个狡猾的休伦人。我敢说，你们很快就会发现，那个人才是一只老说假话的喳喳叫的鸟。”

年轻首领不再问，而是把眼睛转向了休伦人酋长，要他完全说明自己的来意。全场的人也都注意地看着他，等他说话。

麦格瓦站起身来，十分沉着地走到人圈中央，先对着老酋长塔曼依鞠躬致敬，然后便把敌视的目光投到了几个白人俘虏身上。他见柔弱娇小的艾丽斯害怕地看了他一眼，全身缩成一团，依靠在姐姐科拉身上，便得意地冷笑一声，转而对众人宣讲起来：

“大神造人时，根据不同的需要把人分成了不同的肤色和等级。有的人比狗熊还黑，大神要这些人做奴隶。有的人脸比森林里的银鼠还白，大神让白人说话像野猫子一样假嚎，这些人会做生意，还贪婪地搜刮世上的财富。还有一些人，大神给了他们像太阳一样红的肤色，还赐给他们这片广袤的土地，让土地长满树林，林中到处是野味。风为他们清扫出空地，阳光和雨露使果实成熟，白雪告诉他们感恩的时节，夏天的密林为他们遮挡暑热，冬天有兽皮使他们温暖。这就是大神着意创造的红种人。他们勇敢，正直，幸福。即使他们之间有争斗，也是大神要他们表现出男子汉的气概来。在红种人中有一个部族是最光荣最优秀的，他们世代生活在大湖边的森林中。他们是休伦人的好兄弟。他们就是大神曼尼托的子孙特拉华人。他们的酋长就是伟大的塔曼依！”麦格瓦越说声音越高亢激昂，最后差不多是全力高呼起来。这样的演讲很快在听众中间激起了反响，特拉华战士为自己部族受到外部落酋长的赞扬而自豪。就连一直默不作声的老酋长塔曼依听到大神曼尼托和自己的名字，也抬起头来，望着那个休伦人。最后，老酋长让人扶着站起来，以一种低沉而庄严的嗓音问道：

“外来的兄弟，为什么还提起特拉华人过去的光荣啊，还是为现在的幸福感谢大神曼尼托吧。一个休伦人站在这里念叨特拉华人的过去，难道他是世界的主宰吗？还是直说吧，休伦人，到我的部落来到底

想做啥?”

“为了正义,”麦格瓦听出老酋长塔曼依对自己的演说既欣赏又不满,立即见好就收,提出了自己的要求,“我的俘虏在尊贵的特拉华兄弟这里,我要带走他们。”

塔曼依听后,转向身边的年轻首领询问,然后便对麦格瓦说:“正义是曼尼托的律法,存在于天地之间,不可能由休伦人嘴里说出来。好了,孩子们,不要再保护这些白人,让休伦人把他们带走吧。”

老酋长说的话就是一个庄严而神圣的决定,特拉华人没有一个人会表示异议。几个年轻战士立即走上来,用绳子把邦波和海沃德反绑起来,又把绳子一头交到麦格瓦手上。

但当麦格瓦把艾丽斯一把拉过去,又恶狠狠地瞪科拉一眼,示意她跟着走时,科拉却没有像往常那样护住艾丽斯,而是奔到老酋长脚下,大声说:“公正的特拉华人啊,别听信那个狡猾残忍的休伦人吧,他是在用谎言玷污您的耳朵啊。您让他把我们带走,却不知他会使无辜的人遭到祸害呀!”

听到姑娘的诉说,老人刚刚闭上的眼睛重又睁开了。他有些惊奇地低头问道:“你是什么人,怎么会来到这里?”

科拉见老人在认真听自己说话了,便急切地说:“我是一个被休伦人抢来的姑娘。除了我,还有我的妹妹。我们并不是战场上的俘虏,而是被他们强迫带来的。休伦人的贪欲使他说谎。您是伟大的塔曼依,部落所有的人都是您的孩子。我们也是您的孩子。我自己并无所求,只求您救救我的妹妹艾丽斯。她是个善良可爱的小姑娘,到现在为止还不懂得上天发怒的分量有多重。您不能让她受到那个休伦坏蛋的伤害。我保证我说的这一切都是真的,如若不信,您还可以问一个与您同族的战士。他一直保护着我们姐妹俩。”

“是吗,有这样一个特拉华人跟你们在一起?”塔曼依疑惑地回头看看。那个年轻首领便解释说:“是有一个红皮肤的人帮着英国人打仗的,我们正要审问他。”

“把他带来。”老酋长塔曼侬下令。

年轻的莫希干人恩卡斯被带到了人群中。老酋长看他一眼,便以一种威严的语气问道:“这个俘虏对曼尼托神说话,用什么语言呢?”

“和他的祖先一样,用的是特拉华语。”恩卡斯尊敬地对老酋长回答。

“不,一个特拉华人也会像一条毒蛇那样,悄悄爬进同族人的营地吗?”塔曼侬不满地说。围着的人群便也嚷嚷起来,纷纷表示不满和愤怒。

恩卡斯却毫无惧色,又对老酋长说:“站在您面前的红种人并不是一条蛇。塔曼侬听信了那只说谎鸟唱的歌啦。”说着伸出手指指麦格瓦。

“住口,不准这样对我们伟大的塔曼侬说话。”没有等老酋长开口,很多年轻的特拉华战士先嚷起来,都认为恩卡斯冒犯了自己的酋长。

老酋长却摆摆手,说:“我的确听到了他说特拉华语。不过,孩子,你不配用这个族名,特拉华族不会收留一个叛徒。曼尼托神的律法是公正的。孩子们,我不再问他了,你们以曼尼托神的名义,公正发落他吧。”

“烧死他!”

“烧死他!”

“烧死这个冒充的特拉华人!”

众人又纷纷嚷起来。几个年轻战士拥上来,抓住恩卡斯的手臂就往一边拖。一个粗鲁的战士抓住了恩卡斯的猎衫,一下把猎衫撕开来。另一个战士也奔上来要抓他去受刑,到了跟前却一下顿住,吃惊地倒退几步,伸出手指着恩卡斯的胸膛,一脸惊奇的神色。

很多年轻战士都看见了,恩卡斯裸露的胸膛上刺有文身。那是一只蓝色的乌龟,看上去非常漂亮。

恩卡斯骄傲地挺起胸膛,又大步跨上一个台阶,让更多的人能够看见自己的文身。当众人的惊叹稍息之后,恩卡斯便指着身上的乌龟形象,提高声音说起来:“伟大的曼尼托神啊,让特拉华的子孙们都看看吧,我的宗族支持着整个世界!你们这个软弱的部落也曾立在我的甲背上,难道现在却要烧死伟大的乌龟族的子孙吗?”

“啊!”老酋长塔曼依也不由得叹出一声,接着又用一种令众人吃惊的语调问道,“你到底是谁?”

“恩卡斯,莫希干人钦加哥的儿子。”

“那么你是我那兄弟恩卡斯的孙子啦?”“对,恩卡斯也是我爷爷的名字。”

“啊,感谢曼尼托神,白天终于要来代替黑夜了,恩卡斯的孙子终于可以来代替我主持部落议事会了。”塔曼依伸出双手把恩卡斯抱住,又仔细地察看着他,眼睛里充满惊喜。

好一会儿,塔曼依才又说:“我是不是一直在做梦?我见到下了那么多场雪,见到自己的孩子被沙土一样吹散,见到与白人厮杀时,恩卡斯总是冲在最前面。恩卡斯,就是眼前这个小伙子的祖父,他是这片森林里最勇敢的豹子,是特拉华莫希干人最聪明的酋长。可是后来呢,恩卡斯死了,他的儿子也不知到哪里去了。”

老酋长塔曼依说这话的时候,场上鸦雀无声,都以一种崇敬和神圣的神情,注视着站在中央的一老一少两个人。老酋长说完了,场上很久没有人说话。恩卡斯这才接着说:

“自从我的爷爷,塔曼依的战友,领着自己的族人出战以来,原先的四大酋长都战死了。眼下仍然流着乌龟族神圣血液的酋长,只剩下我父亲钦加哥和他的儿子,就是站在你们面前的小恩卡斯啦。”

恩卡斯说到这里,伤感地顿住了。最后他又抬起头来,以一种当仁不让的英雄气势向全场扫视一眼。之后便走下台阶,排开众人,来到被绑着的白人侦察员邦波面前,拿过身边一个战士的刀,猛地把绳子割断,又拉了邦波走到老酋长塔曼依跟前,对他说:“看看这个白脸孔吧。他是个正直的人,是特拉华人的朋友。”

“他有什么特别的称号?”塔曼依问。

“我们叫他鹰眼,他打枪百发百中,就像刚才你们都看见的。所有的休伦人都害怕见到他,他们叫他长枪。”

“长枪!”塔曼依疑惑地看着邦波,又摇摇头,对恩卡斯说:“我听

说这个白人杀了很多特拉华人，我的孩子不该把他叫作朋友。”

“不，那是狡猾的休伦人撒的谎。是刁狐狸在挑拨。我的朋友邦波从来没有杀过一个特拉华人。”

恩卡斯坚定地为邦波辩护，使塔曼依不能不相信。老酋长转而问道：“那个休伦人在哪儿，我要听听他最后的答复。”

“我在这里。”麦格瓦脸色阴沉地答道。他一直听着两个人的对话，对恩卡斯说服老酋长保护了邦波和海沃德，只能自认倒霉。但仍抓住最后的机会说：“公正的塔曼依不会扣住一个红种人请他暂管的人吧？”

老酋长塔曼依看看麦格瓦，又看看恩卡斯，说：“我兄弟的孙子，你已经说服了我的部落，凡是跟你一起来做客的，包括长枪和那个白人青年，以及那个弱小得路都走不动的姑娘，都可以跟你走。只有这个女人……”他转而指指科拉，对麦格瓦说，“既然她是你交给我们暂时看管的，只要她同意，你就带她走吧。”

“不，我不同意！”科拉听到对自己命运的这个判决，立即高声喊出来。

“不，她没有权利自己决定，她是我的！”与此同时，麦格瓦也大声向塔曼依提着抗议。他对老酋长说：“你不能什么都听白人的，喜欢做生意的白皮肤女人打算拿她的美貌来讨价还价哩。如果塔曼依也要违反印第安人的规矩，那就请你发话吧！”

老酋长被麦格瓦的指责难住了，他摇摇头，说：“那就把你的人带走吧。伟大的曼尼托神不许特拉华人做不公正的事。”

麦格瓦一把抓住科拉的手臂，脸上露出胜利的神情。科拉意识到命运如此，便放弃了反抗，低下头跟他走去。没走几步却又回过头看看海沃德，向他示意照顾好艾丽斯。

海沃德庄严地对科拉点点头，表示听到了她的托付，又抢上前一步还要说什么，却被邦波一把拉住。邦波说：“让她走吧。对付刁狐狸，只能用我的长枪。”

“休伦人，你听着，”恩卡斯也向麦格瓦发出坚决的挑战，“你脚下的路走不长的，太阳到了树顶的时候，就会有人追上你！”

最后的决战

交战双方都是印第安大神的子孙，机智和勇敢谁更胜一筹？战场上父子重逢更激发强者的豪情。恩卡斯再显英雄本色，麦格瓦战败困兽犹斗。不幸的科拉被当作人体盾牌，休伦人酋长举起了最后的屠刀……大战结局究竟如何？

特拉华山顶部落的战士们，在看到休伦人酋长傲慢地领着他掳来的女人扬长而去时，人人脸上都罩上了一层阴云。那个莫希干少年酋长，与他们族属同出一源的乌龟族子孙的屈辱，很快也成了他们的屈辱。他们跟着恩卡斯和老酋长塔曼依回到部落议事屋，默默地注视着恩卡斯。

不一会儿，特拉华战士们又走到部落边那片用作射击比武的林子前。一个战士在一棵松树树干上剥下一块树皮。其他战士也相继走上前来，用刀剥下一块块树皮，有的则用手折去一段树枝。那棵松树很快就被剥得只剩下光秃秃的树干了。战士们把树皮和树枝拿到刚才开会的空地中间堆起来，点上火烧掉，以此表示开战的决心。

当恩卡斯从部落议事屋出来时，人们看到他的衣服已经全部脱去，光着的胸膛上，那绘有乌龟形象的图腾文身又露了出来。一张俊美的脸，涂上了可怕的黑色油彩。他庄严地走到那棵剥光了的松树前，象征性地摸摸树干，又走到那堆燃着的火堆前，围着转圈跳舞，边跳边唱着一首特拉华语的颂歌。

跟在恩卡斯身旁的战士，也与他合起节拍唱歌跳舞，一个接一个加入进来。全部有权参战的年轻人,都参加了这场征募战士的仪式。跳舞唱歌的场面后来又演变为令人震撼的战阵和呐喊,听着让人惊心动魄。一会儿,所有的年轻战士都拿起了猎刀,轮番出列,冲到那棵象征敌人的光秃秃的松树前,挥刀猛砍。

到太阳升至树顶上,正好是恩卡斯与麦格瓦约定的时间,恩卡斯便大喊一声,让大家都静下来。他自己则走到老酋长塔曼依跟前,恭敬地向塔曼依行礼告别,之后便转身挥手整队准备出征。

英军少校海沃德把艾丽斯安顿在部落里,拜托女人们照看着,自己便站进了恩卡斯的队伍。

侦察员"鹰眼"邦波对印第安人的出征仪式早已看过多次,对这次战斗没有表现出太多的兴奋,而是冷静地观察着恩卡斯和他的战士,估计着他们的人数。不过他对恩卡斯这位年轻的酋长此时表现出的非凡能力,却显露出从未有过的欣赏之色,对他手下两百多人的精干队伍也露出满意的神情。临出发之前,他让恩卡斯叫了一个半大的孩子来,让那孩子去森林里取回恩卡斯和他的枪。走进部落前,他把那两支枪藏了起来,以免特拉华人发生误会,同时也准备着一旦被擒,可以设法逃走取枪。让孩子去取枪,则是为了防备休伦人的伏击,任何部落的印第安人都不会对一个孩子开枪。

恩卡斯酋长在队伍出发前,又召集各队的首领对兵力作了部署。他把队伍分成了10个战斗分队,每队20人,让邦波也带了20名战士。部署停当,队伍就精神抖擞地出发了。

走进林子不久,邦波就发现了一个穿着休伦人衣服的人匆匆走来。他向恩卡斯指点了那人的方位,自己正要带人摸过去捉个活口,却见那人突然停了下来。邦波只好不再往前,端了枪向那人瞄准。很快却又把枪放了下来,向那人喊道:"嗨,歌唱家,快过来,别让休伦人看见你!"

来人原来是圣歌教师大卫·加穆。他是趁着麦格瓦带领休伦战士出征打仗,没人再注意他时,独自一人跑出来的,此时正打算投奔特

拉华部落寻求安宁，这时却意外地与他们相遇。

大卫还告诉海沃德和邦波，麦格瓦把科拉带回部落，关进了他们曾经待过的那个山洞，又集合起队伍在前边的林子里埋伏下来，距这里不过几英里。

“哦，是这样？”邦波感兴趣地听完大卫的介绍，又转向恩卡斯，建议重新部署战法。邦波说：“让我带着我的20个人，沿那条小溪从侧面迂回过去，与你父亲和孟罗上校会合后，从休伦人背后发起进攻，那时我们的喊声顺风传过来，你就发起冲锋，一举击溃敌人。我再去他们的部落，把那个不幸的姑娘救出来。”

恩卡斯看看邦波身边的战士，信任地对他点点头。海沃德也赞成这个计划，并提出自己也参加这支小分队打进休伦部落去。

得到恩卡斯赞同后，邦波和海沃德立即带队出发了。走进溪沟时却发现，队伍多出来一个人，原来是圣歌教师忠实地跟了上来，说是要帮助他去解救那个受难的姑娘。

“可是你连枪也不会打！”邦波不知道该把他怎么办才好，见他仍是一脸忠诚，最后只好无奈地让他跟了来。

邦波的小分队沿着溪沟走了一阵，又穿出丛林，到了可以看见池塘和河狸做窝的地方，却突然遭到了一阵排枪的袭击。一个特拉华战士被枪弹击中，立即倒地死去了。

“注意，别慌！”邦波用特拉华语向战士们喊道。队伍立即散开，还击。敌人来得快去得也快，不一会儿便不见了。邦波断定这并不是麦格瓦带领的人数众多的队伍，很可能只是一支小分队，这时撤走，很可能是去通知麦格瓦带人来进攻。邦波下令迅速占领林子两边的高地，准备迎敌。

果然不出邦波所料，那支休伦人小分队与麦格瓦会合后，很快就领了大队人马扑过来。双方便在林子里展开了激战。休伦部落人多势众，很快对邦波形成包围之势。

正当邦波和他的小分队在敌人猛烈的火力下，渐渐支持不住的时

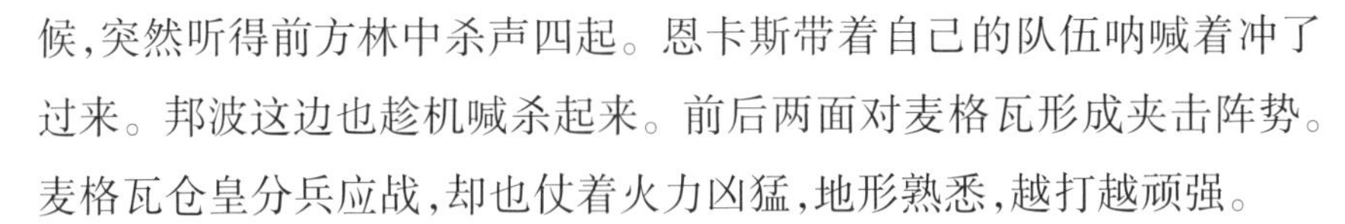

候，突然听得前方林中杀声四起。恩卡斯带着自己的队伍呐喊着冲了过来。邦波这边也趁机喊杀起来。前后两面对麦格瓦形成夹击阵势。麦格瓦仓皇分兵应战，却也仗着火力凶猛，地形熟悉，越打越顽强。

到后来，休伦人酋长麦格瓦看清，从自己部落一方射来的枪弹越来越稀落，便断定这边只有小股敌人，那边才是特拉华人的主力。于是把队伍一分为二，一边只是阻击恩卡斯的进攻，自己则带了人向小股敌人压过来。邦波和海沃德很快就感到了强大压力，身边相继有特拉华战士倒下去。

“不行，不能再这样硬拼下去了！”海沃德毕竟打过很多阵地战，这方面经验很丰富。他对邦波说：“我留下阻击，你带着人拿战斧和猎刀杀出一条路，直扑休伦部落，只要把科拉救出来就行。”

邦波想了想，同意了海沃德的建议，却又说：“我们不能再分兵，只能一起从正面冲杀。否则让休伦人冲过来，我们都会被打得很狼狈，头皮也会被他们割去。还必须冲杀敌人的正面，那边有恩卡斯接应，敌人措手不及，我们就有胜算。”英军少校听罢侦察员的部署，对他露出钦佩的目光。

只听得一声大喊，邦波一蹦而起，带头向正面的敌人冲过去。海沃德和特拉华战士也一齐呐喊着冲锋。麦格瓦果然没有料到，慌忙下令众人上前堵截。双方便在林子里展开了肉搏战。

邦波的队伍人少武器少，适合突袭却不适合相持格斗，这时被麦格瓦带人缠住，便打得十分艰难。正在这紧急关头，休伦人的身后突然又响起了枪声。一颗子弹从池塘边那些河狸筑的小屋间飞过来，准确地击倒一人。接着又响起了令人丧胆的喊杀声。

“啊，大蟒蛇！”邦波兴奋地大声叫道：“是莫希干大酋长的声音，敌人遭到夹击啦，冲啊！”

与此同时，恩卡斯那边也呐喊着冲杀过来。休伦战士被前后的呐喊震慑住，立即发出了绝望的叫喊，一下便四散溃逃了。

莫希干父子在战场上重逢，海沃德和老孟罗也紧紧相拥着。邦波在一旁看着，很快又举起那支长枪向恩卡斯示意。恩卡斯立即转过身来，重新集合起队伍走到钦加哥面前，把酋长的指挥权移交给父亲。钦加哥满意地看着儿子带来的这支队伍，也不多说，立即下令向休伦人的部落进发。

逃进林子的麦格瓦见特拉华人的队伍向自己的部落走去，慌忙让手下的年轻首领把人重新召拢来，又从侧面发起了进攻。钦加哥镇定自若地下令反击。特拉华人的火力集中又凶猛，很快把休伦人压了下去。与恩卡斯很接近的一队敌人溃散奔逃时，麦格瓦也露了一下头。恩卡斯一眼看见，立即追了上去。追出林子，却发现已经来到了休伦人部落外面。

麦格瓦率领着打剩的队伍退到部落中央议事屋周围，作拼死的抵抗。钦加哥和邦波带着特拉华人把他们团团围住，猛烈的火力很快又把休伦人打得七零八落。麦格瓦见大势已去，突然大喊一声，便带了几个身边的战士冲出重围向部落下方逃去。剩余的休伦战士无力还击，立即被特拉华人围住，猎刀乱七八糟地向他们的头上砍去。

恩卡斯一直盯住麦格瓦不放，见他往下方逃走，也紧跟着追过去。邦波、海沃德和大卫也跟着他追去。

到了部落下方的平地，麦格瓦见无法甩掉身后的追兵，无奈之中，只好钻进了自己曾经被邦波捆住的山洞。此时的洞室里，休伦部落的老人、妇女和孩子好几百人藏在里面，见他们的酋长仓皇逃进来，后面紧跟着又有追兵，一下便乱成一团，哭的哭，喊的喊。山洞里一时仿佛变成了地狱。

恩卡斯和邦波带领着追兵穿过洞室，一直逼到山洞的尽头，都没有找到麦格瓦。正奇怪怎么会眼看着那“刁狐狸”又失踪了，却见山洞尽头重又现出亮光，出口的另一端接着的竟是一些陡峭的岩石。岩石掩映处正有一件白色的衣服在飘动。海沃德一下认出那正是科拉穿的裙子，便穷追不舍地跟了过去，却被从上方打来的枪弹挡住了。

麦格瓦和两个休伦战士居高临下，倚着岩石阻击追兵，又把科拉拖到身前,当作人体盾牌掩护着撤退。海沃德和邦波一时竟眼睁睁地看着他,没办法冲上去。海沃德急得大叫:“站住,休伦人,把那姑娘留下,我们让你滚蛋!”

“我也不走啦!”科拉听到海沃德的声音,坚强地站住,任凭麦格瓦怎样催促,也不再往前走了。

架着科拉走路的两个休伦战士见拖不动她,便无奈地扔下她,而后举起手中的战斧,看着自己的酋长,只等他一点头就劈下去。麦格瓦也气急败坏地举起了短刀,对准科拉的胸膛,恶狠狠地喝令:“走,要不然,看我一刀宰了你!”

森林的葬礼

山顶上，“刁狐狸”栽倒在长枪之下。森林里，“大蟒蛇”悲情于哀痛之中。最后的莫希干战士与美丽的苏格兰姑娘一起举行神圣的葬礼。荡气回肠的人间悲剧落幕之后，留在大湖之间的，是一个关于勇敢和忠诚的永恒传说。

科拉和麦格瓦等人站的地方，是休伦人部落外能够俯看到部落全貌的一处山顶。他们身后是一道山涧，过山涧再往上走便是一片森林。他们前边与追兵共同面对的是一壁陡峭的悬崖。海沃德和麦格瓦此时的处境则是，追者无法进攻，守者也无法退却，谁先行动谁先倒霉。本来在追兵尚未看清这地形时，麦格瓦还有可能趁乱逃走，但因科拉死活不再走动，延宕了一些时间，麦格瓦便失去了逃走的时机。双方都掩藏在上下的岩石间对峙着。

麦格瓦对科拉气恨交加，却也拿她没有办法。最后气愤不过，竟夺过两个休伦战士手里的战斧扔到了岩石下，只以自己的刀子逼着科拉要她做出最后的选择：

“女人家！你自己选，是跟我去住狐狸的棚屋，还是吃我的刀子？”

科拉仿佛没听见麦格瓦的话，跪下地，双手捧到胸前，默祷着，听凭命运的安排。麦格瓦见科拉一副视死如归的神情，绝望地又举起了手中的短刀。

正在这千钧一发的时刻，忽听得科拉和麦格瓦所站位置上方传来一声大喊。只见恩卡斯突然从林子那边的山坡上飞跑过来，又一个纵跳,竟飞身越过山涧,跳到了几个人站立的峭岩上,一掌便掀倒了一个休伦战士。

麦格瓦大吃一惊,不禁倒退了几步。他身边的另一个休伦战士,情急之中则把自己的短刀刺进了科拉的胸膛。

首先对科拉被刺感到愤怒的却是休伦人酋长麦格瓦。只见他如猛虎般咆哮着向那行凶的战士扑去。那战士慌忙躲闪开,又因中间隔了跌倒在地的恩卡斯,战士才逃过一刀。麦格瓦更加恼怒,见恩卡斯正要翻身起来,便猛力向他背上刺进去。

恩卡斯吃了一刀,却仍然翻身站起,发出一声怒吼,一掌把刺杀了科拉的休伦战士打倒。又转过头来怒视着麦格瓦,想要再挥拳出击,却已无力扑拢。只见麦格瓦凶恶地跨前几步,接连几刀刺向恩卡斯。恩卡斯终于倒下了地。麦格瓦见对手已死去,突然仰起头一阵狂笑,四周山野立即响起一片回声。

正在这时,从一边峭崖翻过来救援恩卡斯的侦察员邦波也出现在山顶,随即飞快地扑过来。到了现场,却只看见科拉和恩卡斯等人的尸体横陈面前。麦格瓦行凶之后又拔腿越过山涧向森林逃去,此时已经站到一块突出的岩石上,他的身后隔着另一道深涧,只要跳过去攀上悬崖,就可以逃脱追捕了。

麦格瓦得意地挥动双臂向邦波等人大声叫嚷着,表示对他们的轻蔑和嘲笑。接着便纵身一跳,抓住了悬崖边的一棵小树。但不知怎么,他此时似乎力量不足了,身子就那么吊在树上,久久攀不上去。

"鹰眼"邦波哪能放过这最后的机会,立即举枪瞄准。在麦格瓦发出最后一声绝望的叫喊之际,长枪已经打响。休伦人酋长手臂一松,身子便掉下了深涧。

海沃德少校和圣歌教师大卫,也在最后时刻爬上了双方刚才搏斗的山顶。海沃德一把抱起科拉,查看着她的伤势。见她已经死去,便悲哀地仰天大叫一声。

邦波把年轻的莫希干酋长抱起来,注视着他仍然英俊刚毅的脸,久久无言。大卫·加穆则庄严地站立着，并不看死者，却遥望着远方渐渐西沉的太阳，唱起了一支圣歌。西边的太阳已经失去了耀眼的光芒，只是一片通红，高高地悬在黑色的森林上方。

第二天早晨，太阳重又升起在东方，万道光芒把整个山林照得一派光明。曾经以"刁狐狸"麦格瓦为酋长的休伦人部落，现在已变成一片废墟，被烧掉的房屋上空还弥漫着浓烟。几百名休伦老人、妇女和孩子稀稀落落地相跟着向东西两个方向走去，又开始了新的流浪。

与此同时，在离休伦人废墟不远的山顶部落，特拉华人则聚集在一起，哀悼自己最勇猛的战士。他们都是在昨天的战斗中被休伦人打死的。

除了死去的战士之外，还有一个白人姑娘受到部落同样的礼遇。她就是科拉，此时正安卧在野花和香草丛中。六个特拉华姑娘站在科拉身旁为她整理着遗容和花草。与她们在一起的还有白发苍苍的老孟罗，他孤独凄凉地坐着，低垂着头守在女儿身边，已经没有了眼泪。

圣歌教师大卫·加穆站在老孟罗身旁，正为这位失去爱女的老人默默祈祷，一会儿又唱起了让很多人都听不懂的圣歌。海沃德也在附近站着，倚着一棵树，努力克制着自己的悲伤。

更多的人则围着恩卡斯的遗体站立着，他们中间有特拉华莫希干部落的老酋长，也就是死者的父亲钦加哥。

此时的莫希干酋长没有带武器，也没有画花纹挂装饰物，看上去完全就是一个十分普通的老人。只是在他裸露着的胸膛上，那刺上去的深深的纹章——一只蓝色的乌龟，永远擦洗不掉，让人看到不免肃然起敬。钦加哥也没有流泪，甚至看不出悲伤的样子。在他毫无表情的脸上，人们看到的只是永远不可臆测的平静。

被印第安战士尊称为"鹰眼"的白人侦察员邦波，此时与特拉华部落的老酋长塔曼依并肩站立在一处高台上，长久无言地注视着整个部落。与他们一起的还有一个身穿法国军服的白人军官和几个士兵。邦波知道他们是蒙卡姆将军派来的，目的是再次征调特拉华部落的战士前去作战，为他们争夺现在被英国人占领的地区。“不过，他们这次只会空手而归，塔曼依会很坚决地把那几个法国军人赶走的。”邦波在心里这么说。

“啊，神圣的曼尼托大神啊！”

特拉华老酋长塔曼依终于开口说话了。他伸出一只手，缓缓地指向前方，声音也提高了许多，听起来完全不像是一个衰老之人的语气。他先是那么喊了一声，然后才接着说：“特拉华的子孙们，曼尼托神的脸被乌云遮住啦，他的眼睛转过去不看你们啦，他已把惩罚加在你们身上啦，你们一定要襟怀坦白，一定要真心诚意。让我们一起为死去的勇士祝福吧！”

老酋长的话音落下，人群中立即响起一片低沉悠远的吟唱。女人们的歌声悲切哀婉，男人们的声音则含混不清，又让人感觉到神秘莫测。

第一首挽歌唱过之后，人们便围着死去的战士和科拉的遗体转起圈来。

一个被选出来的年轻姑娘待众人停止转圈之后，便走上前来，专为科拉唱起了歌。她以本民族的语言述说这个白人姑娘的美丽善良，祈求大神把她当成自己的子孙接纳到天堂。

为恩卡斯唱挽歌时，却是一群姑娘围上来，放开嗓子唱了。因为死者是同族的战士，是特拉华莫希干人的最后一个年轻酋长，姑娘们的歌声更多地唱出了恩卡斯的性格，赞颂他的英勇无畏和高尚豪爽。其中还唱出了特拉华姑娘们的遗憾，因为很久以来，她们竟没有一个人赢得这个年轻酋长的心。她们说，是战争使莫希干人离开了特拉华部落，森林和大湖把他们分开，使特拉华姑娘很久都见不到这位最勇敢的战士。

老孟罗、海沃德、邦波、大卫和艾丽斯一直都肃立着听老酋长说话，又认真地听着特拉华姑娘唱歌。虽然他们中间，只有侦察员邦波一个能听懂特拉华语，但整个哀悼仪式的气氛却使他们每个人都受到了感染。

莫希干酋长钦加哥在听着人们唱挽歌时，样子很久都没有一点变化。姑娘们唱到很伤心的时候，他也始终沉默着，脸上毫无表情，只是无声地注视着儿子的遗容。

然而，当姑娘们最后停止歌唱，会场上一齐安静下来时，人们却听到一个深沉悠远的嗓音唱了起来。大家开始都很诧异，后来才注意听那歌唱的内容。那是钦加哥为儿子唱出的一首挽歌。

听着听着，人群中便开始响起了嗡嗡嘤嘤的哭泣声，一会儿整个会场都回旋起悲伤哀痛的声音来。姑娘们的哭泣里还夹着一种惊奇情绪，因为钦加哥所唱的挽歌曲调，对于她们来说竟是那样陌生。部落所有的人中，只有老酋长塔曼依和另几个老人能够合上他的调子。她们知道，这就是特拉华部落早已失传的曲调，就连塔曼依也想不起来，只有莫希干人还保留着。而现在，年轻的恩卡斯已经死去，以后再不会有人能传下钦加哥的血脉，也不会传下他的曲调了。

钦加哥把那首挽歌唱完，抬起头来看着人群。一会儿，他仿佛突然醒过来似的，对大家说："我的兄弟们，我的孩子们，你们干吗哭呢？我的儿子，一个年轻的狩猎人，这时不过是到幸福的猎场去了。一个年轻酋长结束了光荣勇敢的一生，曼尼托大神要把他召唤去，你们干吗要哭呢？难道是为了我这个孤独的大蟒蛇吗？谁说大蟒蛇钦加哥已经失去了他的智慧呢？"

女人们都停止了哭泣，无声地望着他。却又都看见这个坚强的父亲的脸上，此时也无声地流下两行浑浊的眼泪来。

一直关切地注视着钦加哥的邦波，这时也不再克制自己的情绪，走上前去握住他的手，说："你并不孤独，大蟒蛇，我的老战友，我会永远与你在一起。"

"好啦！"老酋长塔曼依打断他们，又提高声音说："我的特拉华部落的孩子们啊，曼尼托大神的怒气还没有平息。白脸孔成了世界的主人，红种人的日子还没有重新到来。塔曼依本来早就应该去见大神的，只因他想看到部落子孙们再现强壮、欢乐的一日。黑夜还没有过去，我却看到聪明的莫希干人最后一个战士死去啦！让我们去为他，为那个与他一起走的姑娘，为我们死去的部落战士下葬吧。”

特拉华人在老酋长塔曼依的带领下埋葬了死去的战士，也把恩卡斯和科拉安葬在他们部落的墓地里。

其后又过去了很多年。在塔曼依和老孟罗相继去世，海沃德带着艾丽斯定居白人殖民区，邦波和钦加哥消失在丛林里之后，一个由大湖边的特拉华山顶部落传开的，关于年轻的莫希干酋长和美丽的白人姑娘的故事，一直流传在美国与加拿大之间的森林、湖泊、集镇和军营里。一个关于勇敢和忠诚的动人传说，成为人们消磨漫漫长夜，消除行军沉闷的不朽话题。